फ्लैशबैक

(संस्मरण)

सुदामा सिंह

Delhi-110089, India

प्रथम संस्करण : 2021
ISBN : 978-93-90889-28-0

प्रखर गूँज पब्लिकेशन
एच-3/2, सेक्टर-18, रोहिणी, दिल्ली-110089
दूरभाष : 7982710571, 7838505899, 011-27851059

मूल्य : 200/-

फ्लैशबैक(संस्मरण)
सुदामा सिंह

Flashback (Sansmaran)
By Sudama Singh

Published by

PRA KHA R GOONJ PUBLICA TION
Delhi-110089
E.mail : prakhargoonj@gmail.com
          sinha.neelu123@gmail.com
Ph. : 011-27851059, 7982710571, 7838505899

Web : prakhargoonjpublications.com

समर्पण

मैं यह शब्दांजलि समर्पित करता हूँ अपने पूजनीय माता पिता को जिनके आर्शीवाद से मैं अपने भावों को पुस्तक रूप में परिवर्तित कर सका

मंगल कामना

श्री सुदामा सिंह बहुआयामी प्रतिभा के धनी संवेदनशील इंसान हैं। रंगकर्मी के रूप में समादृत श्री सिंह सफल शिक्षक एवं प्रशासक के रूप में भी प्रशंसित एवं सम्मानित किए गए हैं। श्री सिंह रंगकर्म से उस समय से जुड़े हुए हैं जब रामलीला या नाटकों के लिए महिला पात्र नहीं मिलता तो किसी सुचिक्कन, गौरवर्ण के निमोछिया बालक को ही महिला पात्र बनाया जाता था। समाज में व्याप्त विषमताओं, कुरीतियों, अनीतियों के विरुद्ध व्यंग्य लेखन में भी उन्हें महारत है। 'बतरस' एवं 'दायरा' व्यंग्य की रचनाओं के संग्रह प्रकाशित हैं। जिसकी समालोचना साहित्य के विज्ञ पाठकों द्वारा की गई है। उम्र के इस पड़ाव में भी उनका लेखन कार्य जारी है। विभिन्न समाचार पत्रों में उनका नियमित स्तंभ प्रकाशित हो रहा।

'फ्लैश बैक' अभिव्यक्ति की एक सार्थक और प्रभावकारी पद्धति है, जिसके माध्यम से पुरातन घटनाओं एवं चरित्रों को वर्तमान में स्मरण कर भविष्य के लिए एक मनोरम संदेश देता है। श्री सिंह की प्रकाशनाधीन पुस्तक 'फ्लैश बैक' में इसी पद्धति का उपयोग कर रचनाओं को रम्य में एवं रोचक बनाने का सफल और सार्थक प्रयास सराहनीय है। संवेदनशील श्री सिंह अपने जन्म स्थान, शिक्षा केन्द्र, कार्य स्थल के अनुभवों को संस्मरण के माध्यम से संजोने का साहित्यिक प्रयास किया है। सेवाकाल में अनेक सहयोगियों, पदाधिकारियों, सामाजिक- राजनीतिक कार्यकर्ताओं के साथ ही साहित्यकारों के साथ मधुर एवं भावपूर्ण संबंध एवं सरोकार रहे हैं। उन स्थानों, व्यक्तियों एवं घटनाओं का वर्णन पाठक को आह्लादित करेगा।

ईश्वर- मालिक से प्रार्थना है कि 'फ्लैश बैक' लेखक के उद्देश्य को सार्थक बनाएगा। इसी मंगलकामना, शुभकामना के साथ लेखक के सत्प्रयास को और सदाशयता को साधुवाद।

संत रविदास जयंती
27 फरवरी 2021
राम जन्म मिश्र
उपकुलपति, विक्रमशिला विद्यापीठ
ईशीपुर, भागलपुर (बिहार)

'फ्लैश बैक' : नज़रें अपनी

वैसे देखा जाए तो न मैं कोई लेखक हूँ, न कवि या रंगकर्मी। बस काठ की कलम को बुढ़ापे की लाठी समझ कर जीवन की अनजानी राहों पर कुछ दूर चलने का प्रयास करने निकल पड़ा हूँ। इसलिए यदि कहीं किसी डगर पर लड़खड़ा जाऊँ तो संभाल लेने की जहमत कीजियेगा।

लोग सामान्यतः संस्मरण लिखते हैं किंतु लीक से हट कर चलने की मेरी बुरी आदत है इसलिए 'फ्लैश-बैक' नाम देकर अपने अनुभव भरे अतीत के भूले-बिसरे चित्र दिखाने बैठा हूँ। क्लिष्ट हिंदी के कट्टर समर्थक इस शीर्षक को मान अपमान का विषय बना कर मुझ पर तंज अवश्य कसेंगे।

मानते तो सभी है कि दुनिया एक रंग रंगीली बाबा और इसीलिए इसे रंगमंच कहा जाता है। हम हैं इसके अलग अलग अलमस्त अभिनेता। अभिनेता कभी अपने अतीत को नहीं भूलता है। मैं भी नहीं भूला हूँ। जीवन एक दौड़ती भागती फिल्म है। एक नाटक है। यहां कई ऐसे शॉट्स लेने होते हैं जिनमें बीते जमाने की घटनाएं दिखाना जरूरी होता है जिससे कथानक की कड़ी जुड़ी रहे। 'बीती विभावरी जाग री'। सचमुच उन बीते लम्हों को देख कर बहुत कुछ सीखने को मिलता है।

मैंने भी उन बीते लम्हों को याद करके एक पुस्तक का जामा पहनाने की कोशिश की है जिसमें मेरे अतीत के चित्र कुछ कुछ कहने का प्रयास करते हैं। नाम दिया है 'फ्लैश-बैक'। फैसला पाठक करेंगे।

जीवन मे कुछ घटनाएं ऐसी घटित होती हैं जो उस समय तो साधारण लगती हैं किंतु बाद में रीयल जीवन के लिए असाधारण हो जाती हैं। अक्सर लोग कहते हैं 'बीती ता बिसारिये' यानी बीते कल को भूल जाइये, सिर्फ वर्तमान में जियें। मेरा अपना विचार है कि अतीत की बुनियाद पर ही तो आज और भविष्य की इमारत खड़ी होती है। जो गुजर गया उसे ही तो हम 'फ्लैश-बैक' के माध्यम से सीखते और समझते हैं। उस पर चिंतन किया जाय तो वर्तमान और भविष्य संवरता है। महासागर की गहराइयों में जितना हम डुबकी लगाते हैं, बेशकीमती मोतियों से झोली भर जाती है। वर्तमान के प्रोजेक्टर के माध्यम से जीवन के रजत-पट पर जो फिल्म दिखाई जाती है उसके अंदर से यदि 'फ्लैश-बैक' में छुपी घटनाओं को छुपा दिया जाए तो कहानी अधूरी रह जायेगी।

बहरहाल 'फ्लैश-बैक' प्रस्तुत है आपकी सेवा में। मुमकिन है कुछ मिल जाये। आदर्शवादी तो नहीं हूँ और न विशुद्ध यथार्थवादी किन्तु आदर्शोन्मुख यथार्थवादी बनने का प्रयास कर रहा हूँ। भले आप सब को गुलाब के बीच कांटे की चुभन महसूस हो परन्तु मेरी दृष्टि में कांटों में भी अप्रत्यक्ष संदेश छुपा हो

अंत मे अपने सभी सहयोगियों, प्रेरणा स्रोतों और ज्ञात अज्ञात मार्ग दर्शकों का आभार व्यक्त करता हूँ जिन्होंने मुझे मेरे अनुभवों को जीवंत करने में मेरा सहयोग किया। अंत मे प्रखरगूँज परिवार का कृतज्ञ हूँ जिन्होंने पुस्तक प्रकाशित करके मेरी हिम्मत अफजाई की।

सुदामा सिंह
अयोध्या- २२४००१

जीवन के विभिन्न पड़ावों को परिभाषित करती फ्लैशबैक

जीवन के सफर में न जाने हम कितने लोगों से मिलते हैं और कितनों से बिछड़ते हैं। अनेकों खट्टे मीठे अनुभवों को जीते हुऐ आदि से अंत की ओर अग्रसर रहते हैं। हमारा जीवन कहनियों का समावेश ही तो है। अनन्त कहानियाँ जो हमारे मानसिक और हृदय पटल पर ताउम्र विराजमान रहती हैं। ये कहानियाँ हमारे जीवन के विभिन्न पड़ावों को परिभाषित करती हुई हमें जीने का सम्बल देती हैं। ये कहानियाँ हमारे जीवन के वो संस्मरण हैं जो गाहे बगाहे हमें फ्लैशबैक में ले जाते हैं और उम्र की गिनती से दूर हमें उस पल में जीने को मजबूर कर देते हैं।

सुदामा जी ने भी अपनी पुस्तक फ्लैशबैक के जरिये अपने जीवन के अनमोल क्षणों को हम पाठकों के साथ दोबारा जीने का प्रयास किया है। उम्मीद है कि पाठक पुस्तक पढ़ते पढ़ते उन्हीं के भावों में उनके जिये पलों को महसूस करेंगे।

मेरी और प्रकाशन की ओर से उन्हें हार्दिक शुभकामनाएँ।

नीलू सिन्हा,
संस्थापक एवं प्रधान सम्पादिका,
प्रखरगूंज प्रकाशन,
नई दिल्ली

अनुक्रमांक

माँ १३

हाय रे मेरा बचपन..! १७

आसनसोल में पहला कदम..! २०

आइए तारापीठ चलें..! २३

या गरीब नवाज २५

मेरा पत्र अपने पुत्र के नाम..! २८

मेरे साथ देवदास का सफर..!! ३२

जलेबी का चक्कर..! ३५

अतीत के अक्षर....! ३६

आत्मावलोकन..! ४०

झमकोइया लूटे बाजार..! ४३

अनुभव और अभिनय..! ४६

कन्हैया धाम में एक शाम..! ४६

यादें बांटना चाहता हूँ...! ५१

कांटों में सौंदर्य..! ५३

प्रणाम साहिबगंज..! ५६

एक याद साहिबगंज...! ५८

अब कहाँ फुरसत, कहाँ का फसाना ५६

सावधान, भूकम्प आने वाला है ६२

रंगमंच से जुड़ा एक अनुभव ६४

मुर्दे भी जिन्हें दुआ देते हैं ६६

भारत में फिरंगी महल ६८

शहर का एक आवारा रंगकर्मी ७३

गूँजती आवाज एक 'महात्मा' की ७६

अभिनय : दो शब्द   ८१

अपना शहर : अपनी नज़र   ८४

इनकी भी कुछ हसरते हैं   ८८

प्रश्नों पर प्रश्न चिन्ह क्यों...!   ६०

सप्ताह का व्यक्ति   ६५

माँ

माँ, माई, मैय्या, माता के साथ जुड़ी 'ममता'। अर्थात सम्पूर्ण जगत। ममता का महासागर। स्नेह की सहस्त्रधारा। कदमों में जन्नत की बेपनाह खुशी। अनगिनत सिंहासनों का असीमित सुख उसकी गोद। ऐसी माँ के रूप का वर्णन करने के लिए यदि तमाम आकाशगंगाओं को शब्द-रूप में लिख दिया जाय तो भी नहीं किया जा सकता है। नहीं भूल सकता हूँ उस परम-पवित्र 'माँ' के लिए लिखी गई इन पंक्तियों को :-

वह आंखें क्या आंखें हैं, जिसमें आँसू की धार नहीं,

वह दिल पत्थर है, जिस दिल में माँ का प्यार नहीं।

आज अपने जीवन के 82वें बसंत को पार करते हुए जब कभी बड़ी शिद्दत से अपनी माई या माँ को याद करता हूँ तो आज भी अपने को 'घुटुरन चलत रेनु तनु मंडित' अनुभव करके आल्हादित हो उठता हूँ। जैसा उनका नाम कौशिल्या था। उसी प्रकार उनका स्वभाव भी था। उनमें मेरी समझ से यशोदा और कौशिल्या का मिला-जुला रूप था। यद्यपि शिक्षा तो न के बराबर थी किन्तु मेरी तालीम पर जितना पिताजी का ध्यान होता था उससे कहीं अधिक माँ का हुआ करता था। कहने को तो मैं इकलौता पुत्र था और तीन बच्चों की मौत के बाद बदकिस्मती के साये में मेरा जन्म हुआ था। अपनी पवित्र माँ के अमृत समान दूध में जहाँ मुझे प्रेम और सद-व्यवहार की पौष्टिकता भरी मिठास मिली वहीं उनके मार्गदर्शन से जीने की एक नई राह मिली।

कहते हैं कि अक्सर इकलौता बेटा अधिक दुलार-प्यार पा कर नालायक हो जाता है किन्तु धन्य हूँ मैं, कि ऐसी महान माता की पवित्र कोख से जन्म लिया जिसने मुझे कलियुग में सत्ययुग, त्रेता और द्वापर का मिला-जुला संस्कार दिया। इस संबंध में बता दूँ कि प्रातःकाल माँ मुझे साथ लेकर पूजा करती थीं और सायंकाल पिताश्री के साथ संध्योपासना में बैठना पड़ता था। बस छूट इतनी होती थी कि भले मैं दस मिनट बैठूँ किन्तु उनके साथ बैठना अनिवार्य था।

उसी संस्कार ने मेरे मन में अनुशासन आस्था और अपनत्व की भावना जाग्रत की। मेरे एहसास ने यकीन की आँखें खोल दीं कि बालक के चरित्र-निर्माण में माता की भूमिका अहम होती है।

मुझे बताया गया कि मैं बचपन में बहुत जिद्दी स्वभाव का था। मई-जून की तपती दुपहरिया में, कटकटाती सर्दी तथा झमाझम बरसते पानी में माँ से कहता था मुझे बाहर लेकर बैठो। मरती क्या न करती एकमात्र जिगर के टुकड़े के लिए धूप-बतास सब हँसते-हँसते सहन करने को तैयार रहती। तब तो नहीं, क्योंकि 'लड़कपन खेल में बीता, जवानी नींद भर सोया, बुढ़ापा देख के रोया' अब ज़िंदगी कि आखिरी दहलीज पर पहुँचने के बाद माँ के उस अगाध प्यार और बेपनाह त्याग को याद कर-कर के सोचता हूँ 'कितनी होती है प्यारी, कितनी होती है भोली माँ। ऐसी त्याग-तपस्या की प्रतिमूर्ति माँ का बदला कोई किसी जन्म में नहीं चुका सकता है। हाय, वह मंजर। भूखे-प्यासे दरवाजे पर घंटों खड़े रह कर अपने लाडले का स्कूल से लौटने का इंतजार करना। मेरे इम्तिहान के समय मेरे साथ रात के दो-दो बजे तक जागना और सुबह फिर पाँच-छ बजे तक उठा कर खुद घरेलू काम में जुट जाना कम बात नहीं थी। उनकी दयालुता के चर्चे मोहल्ले भर में प्रसिद्ध थे। घर में झाड़ू-पोंछा लगाने वाली से लेकर दर्जी-धोबी तक को बिना चाय-पान कराये जाने नहीं देतीं थीं। आज माँ के उस कठिन परिश्रम को याद करते हुए इन पंक्तियों में उत्तर पाता हूँ।

'जान लिया मैंने रहस्य अब
क्यों जप करती रहती हो !
मुझे 'शतायु' बनाने को ही
यह दुख प्रतिफल सहती हो !!
सचमुच, इसीलिए सभी धर्मों और सभ्यताओं में 'माँ' को सर्वोच्च स्थान दिया गया है। कभी-कभी ख्याल आता है कि जब परिवार की पालनहार एक 'माँ' इतनी ममतामयी है तो अखिल ब्रह्मांड की पालनहार 'माँ' कैसी होगी? दया की सेत और ममतारूपी मानसरोवर।

आज मैं जब अतीत की गहराइयों में झाँकता हूँ तो आश्चर्य होता है कि एक अनपढ़ माँ के दिल में साहित्य के प्रति इतना रुझान कैसे आया कि उसने अपने बेटे को कुछ लिखने की प्रेरणा दी। मैं तो यही सोचता हूँ कि उस रूप में माँ सरस्वती स्वयं मेरे गरीब परिवार में अवतरित हुई थीं। लोग भले इस पर यकीन न करें किन्तु विनम्र निवेदन है कि इसे कोई अतिशयोक्ति न समझे। यकीन मानिए ! उन दिनों मैं क्लास सात-आठ का छात्र था। मुझे पंद्रह अगस्त उन्नीस सौ सैंतालीस (प्रथम स्वतन्त्रता दिवस) के सुअवसर पर विद्यालय-पत्रिका के लिए लेख लिखने को दिया गया था 'भारतीय इतिहास का एक स्वर्णिम पृष्ठ'। पिताजी की नज़र में वह फालतू काम था जबकि पिताजी खुद अपने समय के एक अच्छे लेखक एवं नौटंकी शैली के बेहतरीन कलाकार रह चुके थे। पर उनका कहना था कि पहले तालीम पूरी करने के बाद दूसरी तरफ ध्यान देना है। माँ की जानदार दलील होती थी कि बालपन से ही किताबी तालीम के साथ रुचि के अनुसार रियाज भी चलना चाहिये वरना बालक की प्रतिभा अवरुद्ध हो जाती है। मुझे याद है कि सन उन्नीस सौ बासठ में चीन ने भारत पर आक्रमण कर दिया था। नेशनल कैडेट कोर के 'सी' सर्टिफिकेट पास कैंडेटों को वरीयता के साथ 'इमरजेंसी कमीशन' देने के लिए डिफेंस अकादमी देहरादून भेजा जाने लगा। उनमें मैं भी माँ के आशीर्वाद से एक था। किन्तु सेना में जाने की बात सुन कर अपनी माता जी के आँख से आँसू नहीं थम रहे थे। सकुशल पास आउट होने के बाद जब पोस्टिंग होने लगी तो आर्मी हेड-क्वार्टर से सूचना दी गई कि मेरी आयु 13 दिन ओवर है इसलिए पोस्टिंग नहीं दी जा सकती। देश-सेवा का जज्बा रखने वाले एक युवा के लिए तो सामने से परोसी गई भोजन की थाली खींच लेना जैसा हुआ। मेरे बैच के पास-आउट हुए साथियों को भी बहुत दुख हुआ। किन्तु मेरी माता-श्री को तो जैसे मांगी मुराद मिल गई हो। मैं यहां एक बात की चर्चा करना भूल गया। उन दिनों किसी फिल्म का एक गीत 'मत रो माता लाल तेरे बहुतेरे' बहुत प्रसिद्ध हुआ था। जब भी माँ वह गीत रेडियो पर सुनती और मुझे फुल सैनिक-यूनिफार्म मे देखती तो बस

फूट-फूट कर रोना शुरू कर देती। कभी-कभी तो मेरा भी दिल भर आता। बहुत मंथन करने के बाद इस निष्कर्ष पर पहुंचा कि एक माँ का रोना दूसरी माँ से देखा नहीं गया होगा। उस जगत-जननी माँ ने एक ओर मेरी भी साध पूरी कर दी और दूसरी ओर एक माँ की ममता का भी ध्यान रखा। अनुशासन में परिपक्वता का श्रेय मैं अपनी माता को ही देता हूँ। कोटिशः धन्यवाद माँ। वास्तव में तुम एक महान शिक्षिका थी। प्यार-प्यार में मुझे जीने के काबिल बना दिया। सब को सब कुछ नसीब नहीं होता पर मुझे हुआ। मुझे यह कबूल करने में तनिक संकोच नहीं होता कि उस माँ ने एक अबोध बालक का सर्वोमुखी विकास किया।

लिखने को तो बहुत कुछ है पर मेरे पास शब्दों का अभाव है। बस एक ही बात कि 'माँ' बस 'माँ' होती है 'दूजो न कोई'। नास्तिक मैं इसलिए हूँ कि मैं भगवान को नहीं मानता किन्तु आस्तिक इसलिए हूँ कि 'माँ' ही मेरे लिए सर्वोपरि हैं जिसे मैंने देखा, सुना और समझा। जिसने मुझे शक्ति दी, प्रेरणा दी और जीने की कला सिखलाई।

बस कसक इतनी सी है कि उस माँ की अर्थी में कंधा नहीं लगा सका था, परंपरानुसार मुखाग्नि नहीं दे सका था। उन दिनों मैं साहिबगंज (अब झारखंड में) रेल-सेवा में था। वहाँ से उस समय कोई सीधी ट्रेन नहीं थी। पश्चाताप की आग में अपनी बदनसीबी को लेकर झुलसता रहा। उस समय भी माँ ने अपना चमत्कार दिखाया। उनके दिवंगत होने के लगभग एक-दो महीने बाद मालदा-टाऊन से फैजाबाद होकर फरक्का एक्सप्रेस का संचालन शुरू हुआ जिससे मेरे जैसे दूसरे बेटे अपने माँ-बाप के जनाजे में समय पर शामिल हो सकें।

धन्य है माँ !

हाय रे मेरा बचपन..!

मेरा बचपन डिसिप्लिन के घेरे में..!

अब क्या बताएं, बिना बताए रहा भी नहीं जाता है। कोई भैया अपने पीयूष जी तो हैं नहीं की बिन बताए या बिन टाइम टेबुल के रेलगाड़ी चला रहे हैं। खैर छोड़िए मर्जी अपनी। बस कार्बन कॉपी अपने लंगोटिया यार मीर साहब को जान लीजिए। बिना कुछ कहे सुने और जब तक दवाई नहीं तब तक ढिलाई नहीं को नज़रन्दाज किये बचवा रमफेरवा के हाथे से डोर पकड़ के पतंगबाजी का कमाल दिखाने लगे। मोहल्ले वाले जब उन्हें देख के कुछ कनफुस्सी करने लगे तो उन्होंने बिना लाग लपेट के जवाब दिया कि बस अपने मुल्क में यही तो कमी है। अरे समझा करो कि जब साठा तो पाठा। अरे अख्तरी ऐसे थोड़े गाइन रहीं कि अभी तो मैं जवान हूँ। रमफेरवा काठ के उल्लू मतीन अपने मीर चचा को कभी देख रहा था तो कभी आसमान की तरफ मगर कह नहीं पा रहा था कि चच्चा अब हमें उड़ाए देव। किसी अधिकारी के सीयूजी फोनवा पर अपनी मुसीबत कह भी नहीं सकता था। मैं पास के टुटहे चबूतरे पर चचा भतीजे की हालत पर मन ही मन मुस्कुरा रहा था। तभी ऊपर वाले ने मीर भाई के दिमाग का दरवज्जा खोल दिया। मीर साहब के कान में अजान की आवाज पड़ी। वह फौरन चरखी डोर रमफेरवा को थमाते हुए नमाज के लिए निकल पड़े।

उनके जाने के बाद बदकिस्मती से रमफेरवा की पतंग कट गई। वह रोन्धी सूरत बनाये मुझे देखने लगा जैसे अपनी हार पर ट्रम्प जी अमेरिकी जनता की तरफ देख रहे हैं। मैंने रमफेरवा को बुला कर कहा, 'अरे बचवा केतना बार तोहके सम्झौली कि ई पतंगबाजी, कंचा गोली और गुल्ली डंडा खेले के जमाना अब नाही रहल। अबतो किरकिट पर धिरकित धा के रियाज मारे के जमाना होखे। हमही को देखा कि हमरे बड़का बाबू जब ले जीयत रहे तब ले काव मजाल कि चरखी डोर और पतंग बाजी के हाथ लगाए देइ।

हमके याद है एक बार हमार नानी पियार के मारे पतंग और डोर लाये दिहिन तो बड़के बाबू नानी के जवन जवन बात सुनवलन कि बेचारु दुबारा हमारे डयोढ़ी पे कदम न रखे के क्रिया खाये लिहिन। बड़का बाबू डायरेक्ट कह दिहिन कि तू हमरे बचवा के बिगाड़े आइल बाड़ू। घर के मालिक रहे बड़का बाबू। आज का जमाना होता तो एक भाई दूसरे भाई के बच्चों को या भाई के रिश्तेदारों को मजाल कह दे। यही बात है कि मुझसे मेरा बचपन छीन लिया गया। मुझे पतंग डोर, गुल्ली डंडा, गोली कंचा नहीं मालूम। बस हाई कमान का ऑर्डर था कि अकेले स्कूल जाइये और जैसे छुट्टी हो सीधे घर आइये। शाम को चार से सात बजे तक के लिए छूट मिली थी। वह भी कालोनी की फील्ड में खेलने के लिए मगर बचवा रमफेरवा बड़का बाबू के सख्त हुकुम रहल की सात दस नहीं जानता हूँ। असल में बड़का बाबुओं अपने जमाना के रिटायर्ड सूबेदार मेजर रहलन। एक दिन जिसे मैं आज भी नहीं भूल सका हूँ, लड़कों के साथ गपशप में साढ़े सात बज गए। बस बड़का बाबू सन्टी ले के पहुंच गए फील्ड में और बिना कुछ कहे सुने चार पांच सन्टी लगावत भय बोले कितना बजा है रे रम्बोलवा? हम तुहे सात बजे तक के ऑर्डर दिहै रहे। आस पास के लोग हमरे बड़के बाबू के ई तमाशा देख के हक्का बक्का हो गए। उनमें से किसी ने दया दिखाते हुए कहा कि अरे बाबू साहब जाने दीजिए बच्चा है, भूल हो गई। हमरे बड़का बाबू जवन त्योरी चढ़ा के बोलले कि ऊ भल मनई के घिघ्घी बंध गयी। बाबू बेलाग कहिन, 'सुना ढेर होशियार न बना। हमहू अपने जमाना मा सूबेदार मेजर रहली। बड़का बड़का अफसर हमारे डिसिप्लिन का लोहा मानत रहलन। ई बतावा आपतो इसके जवान होने तक न जाने कहाँ रहबा बाबू जी, तब ले ई ससुरा रम्बोलवा लोफर आवारा निकस जाई तो हमरे परिवार को तो भुगतना होगा। ऊ बाबूजी एक चुप हजार चुप। बस आगे आगे बड़का बाबू और पीछे पीछे चोर मतिन हम। रास्ता भय बड़बड़ाते रहे। घरे पहुंच के तोहरे बड़की माई के डपटते हुए बुलवलन, सुना जी ढेर बड़की मलकिन बने से काम न चली। हमरे बाबा सोलह आना सही कहत रहे कि लरिकन के

खियाव घी सक्कर मुला जहाँ एहर ओहर गड़बड़ाता देखो मारो एके टक्कर। ओहमें जरा सा सील मुलाहिजा देखौलु तो जिनगी भर माथा पकड़ के रोवे के पड़ी। अरे पहलवानी करे, दौड़ लगावे और कसरत करे। ई सब क्या है गुल्ली डंडा, पतंगबाजी और कंचा गोली। एहसे शरीर बनीं? आजकल बड़के बंगला वाले अपने सपूतन के किरकिट खेलावत बाड़ेंन। अरे हम अपने लरिका के लपटन जनरल बनाये के देसवा के नाम रोसन करे के अरमान सजावट बाटी। सुना काल से आधा सेर दूध रम्बोलवा के और बढ़ावा।

बचवा रमफेरवा हम लपटन जनरल तो न बन पौली मुला डिसिप्लिन के दायरा में रहली। आजके लड़कों को देखता हूं तो आंख में आंसू भर आता है। दुइ पहिया माई बाबू बैंक से कर्जा लेके काव थमाए दिहिन की बचवा लोग फर्राटा भरे लगे। किसी घर वाले ने पूछ लिया कि कहाँ जात हौ तो बस एक जवाब कहीं नहीं बस आ रहे हैं। बस आ रहे हैं मतलब आप अपने दुलरुवा के लिए तारे गिनते रहिये। बचवा रमफेरवा अब अपनी बात क्या कहें किससे कहें? सब का जवाब बस यही होगा कि वह जमाना और अब का जमाना कुछ और है। स्मार्ट इंडिया है भाई। अब बैलगाड़ी की तरह रेलगाड़ी भूल जाओ। देखा करो बस उड़न खटोला जिसपर आज के श्री राम का मुखौटा लगाए लोग उड़ रहे हैं।

आसनसोल में पहला कदम..!

वर्ष 1982 अक्टूबर। झाझा से प्रिंसिपल पद पर प्रोन्नति पा कर आसनसोल ईस्टर्न रेलवे हाई स्कूल (बंगला माध्यम) रवाना होने पड़ा। यद्धपि मेरे हितैषियों ने मुझे डराया कि आप रिफियूज कर दीजिए क्योंकि बंगाली, बिहारी और यू पी वालों को बहुत परेशान करते हैं। लेकिन अयोध्यावासी होने के नाते एक ही जवाब होता था कि बंगाल तो बगल में है जबकि मर्यादा पुरुषोत्तम श्री राम ने श्री लंका तक की निष्कंटक यात्रा कर डाली साथ ही विजय पताका भी फहरा दी।

आसनसोल पहुंच कर वरिष्ठ कार्मिक अधिकारी श्री ओंकार सिंह को रिपोर्ट किया। उनके आदेश से स्कूल पहुंचा। लेकिन वहां एडहॉक पर कार्यरत सज्जन नदारद थे। रजिस्टर भी छुपा दिया था। धीरे धीरे वाइस प्रिंसिपल और उनके साथ एक दो लोग बंगला के कट्टर समर्थक पहुंचे। रेल प्रशासन के साथ मुझे भजो मन में आया वह सुनाया। उनका मकसद सिर्फ था कि एक बंगला भाषी कॉलेज में आपको क्यों प्रिंसिपल के पद पर भेज दिया गया? उसमे एक दो बंगला यूनियन के नेता भी थे। बहरहाल मैं संघ लोक सेवा आयोग से चयनित था इसलिए ज्वाइन तो कराना ही था।

दूसरे दिन से ही दुर्गा पूजा और दीपावली का अवकाश हो गया। फिर जब एक माह के बाद कॉलेज खुला तो मेरा प्रथम संबोधन होना था। बंगला जानता नहीं था। हिंदी में ही बोलना शुरू किया था तभी बच्चों के पीछे से किसी सीनियर क्लास के छात्र की आवाज आई, 'मास्टर मोशाय एई बंगाल आछे हिंदी चोलबे न'। मैं थोड़ी देर के लिए चुप हो गया। फिर निडर हो कर बोला, 'आप बता सकते हैं कि आप हिंदी फिल्में क्यों देखते हैं? श्री राम से लेकर अमिताभ बच्चन की फिल्में या सीरियल्स किस भाषा मे देखते हैं? 'चारों तरफ सन्नाटा। फिर मैंने कहा मेरे बच्चों, आप सही हैं। यह ठीक है कि हिंदी हमारी राष्ट्र भाषा है फिर भी हमें राज्यों की भाषा का आदर करना चाहिए। बंगला भाषा भाषियों के प्रति मेरे हृदय

में पूरा सम्मान है लेकिन जन्म लेते ही तो हम बोलना नहीं शुरू कर देते हैं। मैंने तो बंगाल में अभी जन्म लिया है। मैं इस पवित्र विद्यामंदिर के पवित्र मंच से संकल्प लेता हूँ कि ठीक छह महीने का मौका दीजिये। छह महीने पूरे होते ही मैं बांग्ला माध्यम से आपकी क्लास लूंगा। यद्यपि मेरा काम बतौर प्रिंसिपल प्रशासन है लेकिन पहले मैं शिक्षक हूँ बाद में प्रिंसिपल। बच्चों ने करतल ध्वनि से मेरे कथन का स्वागत किया। राष्ट्र गान के बाद असेम्बली डिस्पर्स हुई और सभी छात्र अपनी अपनी कक्षाओं में चले गए। मैं भी अपने चैंबर में चल आया। बैठते ही मैंने उस छात्र को बुलवाया। वह डरते हुए मेरे कमरे में दाखिल हुआ। मैंने उसे बैठने के लिए कहा पर वह अपने प्रिंसिपल के सामने कैसे बैठ सकता था? मैं उसकी मनोदशा समझ कर बोला, 'उत्तम आज से तुम मेरे गुरु और में शिष्य। कोई जरूरी नहीं कि सब कुछ सब को आवे ही। आज आपने (मैं अपने शिष्यों को इसी तरह संबोधित करता था) मुझे ज्ञान दिया। अधिक से अधिक भाषाओं का ज्ञान आवश्यक है। आप लोग अपनी भाषा के प्रति इतने जागरूक हो, जान कर मुझे प्रसन्नता ही नहीं मनोबल भी बढ़ा है। आज से आपलोग मुझसे बंगला में ही वार्तालाप करेंगे। 'यही संदेश सभी शिक्षकों को भी दिया। धीरे धीरे बंगला भाषा की ओर रुचि बढ़ने लगी। सचमुच यदि मन मे सच्ची श्रद्धा हो तो कोई भी कार्य मुश्किल नहीं। बचपन से ही न जाने क्यों उस बंग भूमि के प्रति अपार श्रद्धा रही है। माँ के आशीर्वाद से ठीक छह माह बाद जब मैं राजनीति शास्त्र का क्लास चॉक और डस्टर के साथ जाने लगा तो लोग आश्चर्य से देखते रहे। कुछ तो मेरे क्लास के आस पास मंडराते रहे। लेकिन क्लास मंत्रमुग्ध हो कर मेरी टूटी फूटी बंगला सुनती रही। यूं ही रोज एक क्लास लेते हुए बंगला भाषा को माँजता रहा। मेरे मन में कंठ कोकिला लता और आशा जी की छवि बैठी थी जो महाराष्ट्रीयन होते हुए भी हर भाषा मे गीत गाये। मन्ना डे बंगाली होते हुए भी हिंदी उर्दू में गीत गजल के प्रस्तुतिकरण का जवाब नहीं। मतलब यह कि यदि सीखने की ललक हो तो कोई चीज मुश्किल नहीं। वही ललक या समर्पण भाव आप को विजेता बना

देगी। मेरे साथ भी वही हुआ जिसके कारण आज भी मुझे उन सभी का अथाह प्यार मिल रहा है। इसे मैं मां की कृपा कहूँ या अपना स्वभाव। मुझे उनके बीच जो आदर सम्मान मिला वह हमेशा बना रहे। यही प्रार्थना है।

आइए तारापीठ चलें..!

जी बात साहिबगंज झारखंड की ही है। उस समय मैं वहां रेलवे इंटर कॉलेज में प्राचार्य था। तारापीठ और बामा खेपा के बारे में बहुत सुना था। सुप्रसिद्ध शक्तिपीठ है। कहते हैं कि क्रोधावेश में भगवान शंकर जब पार्वती जी के मृतक शरीर को लेकर चले तो उनके तांडव से दिग दिगंत कांप उठा। देवताओं ने विष्णु जी के पास जा कर त्राहि माम् करना शुरू कर दिया। विष्णुजी ने अपने सुदर्शन चक्र से सती का अंग अंग काटना शुरू किया। जहाँ जहाँ उनके जो अंग गिरे वहीं वहीं एक शक्तिपीठ की स्थापना हो गई। बताते हैं कि रामपुर हाट के पास देवी की आंख गिरी थी इसलिए वहां तारापीठ की स्थापना कर दी गई। वहां मां काली का मंदिर है। पास में ही शमशान है और काली भक्त औघड़दानी बामा खेपा की समाधि है। सुना है सुबह कोई न कोई अर्थी गुजरती है तभी देवी का पट खुलता है। तारापीठ का बहुत महत्व है।

कई बार सपरिवार जाने के लिए इच्छा हुई किन्तु संयोग ही नहीं बैठ रहा था। अंत में संतोष करके बैठ गया कि मां को मेरा आना मंजूर नहीं। जैसा लोगों से सुनता रहा हूँ। यही नहीं हमेशा वैश्णव देवी जाने के लिए पास लिखाता हूँ किन्तु कोई न कोई अड़चन आ जाती है। जबकि बिना किसी प्रोग्राम के दतिया मध्य प्रदेश दो बार जा चुका हूँ।

बहरहाल, जब साहिबगंज में था उसी समय मालदा डिवीजन के स्काउट कैम्प करने तारापीठ भेजे गए थे। मैं सहायक स्काउट कमिशनर था इस लिए मुझे विजिट करने का आदेश मिला। बहुत खुश है कि मां तारा ने मेरी अर्जी मंजूर कर ली। सुबह साहिबगंज से ट्रेन खुलती है। दो दिन सोने के कारण ट्रेन मिस हो गई। बड़ा पछतावा हुआ। तीसरे दिन जाग खुली और बिना चाय पानी के स्टेशन पहुंच गया। रामपुर हाट पहुंच कर सीधे ब्रीफकेस लिए दिए स्टेशन सुपरिंटेंडेंट के ऑफिस में पहुंच गया। अपना परिचय दिया और तारापीठ का रास्ता पूछा। उन्होंने भी एक कर्मचारी को साथ

भेजने की पेशकश की किन्तु मैंने मना कर दिया। खैर, मैं स्टेशन गेट के बाहर निकला तो तमाम टेंपो, टैक्सी और बस वाले तारापीठ चलने के लिए हॉक लगा रहे थे। इसके पहले कि मैं किसी को बुलाता एक टेम्पो मुड़कर मेरे पास आ कर तारा पीठ चलने के लिए पूछा। जबकि किसी बंगाली परिवार ने उसे बुक कराया था और बैठे भी थे। यद्यपि ड्राइवर का मुझे बैठाना अच्छा नहीं लग रहा था। किसी बुक कराने वाले को अच्छा नहीं लगेगा। टेम्पो वाले ने उन्हें समझाया। खैर मैं बैठ गया। सीधे तारा पीठ चौराहे पर उतारा। किराया देने लगा तो उसने मुस्कुराते हुए कहा' मिल गया सर। 'उसने टेम्पो स्टार्ट किया और मैं खड़ा खड़ा गुबार देखता रह गया। उहापोह की स्थिति में मैंने मंदिर की तरफ की राह पकड़ ली। हालांकि मैंने राह अंदाज से ही पकड़ी थी। चलता चला जा रहा था बिना किसी से पूछे। मुझे ऐसा लगा जैसे में इसके पहले इस रास्ते पर आ चुका हूं। एक स्थान पर रुका और प्रसाद की दुकान वाले से पूछा कि भाई साहब अभी मंदिर कितनी दूर है? उसने हंसते हुए कहा बाबू जी आप मंदिर के सामने ही खड़े हैं। पीछे देखिये। सचमुच वही मंदिर का भव्य द्वार था। लोग नहीं विश्वास करेंगे पर अपनी बीती बिना लाग लपेट के बता दिया। अब इसे इत्तिफाक कहिये या देवी की कृपा।

या गरीब नवाज

मैंने कई बार कहा है कि मैं नास्तिक नहीं हूँ पर अंध आस्तिक भी नहीं हूँ बल्कि वास्तविक होने की कोशिश करता रहा हूँ। अब मेरे जीवन का एक अनुभव है उसे बांटना भी जरूरी है।

उन दिनों मैं मुगलसराय (दीन दयाल नगर) के रेलवे ए टी पी स्कूल में पोस्टिंग थी। यही कोई 1964-65 की बात होगी। उस समय मेरे बड़े साढ़ू आई ए एस मथुरा थे। अचानक आ गए। उन्होंने किसी सज्जन से मेरा परिचय बड़े अनमने भाव से कराया कि यह मेरे छोटे साढ़ू रेलवे के एक छोटे स्कूल में टीचर है। मुझे बड़ी शर्म महसूस हुई। खैर वह चले गए क्योंकि उनकी पोस्टिंग और ट्रांसफर ए डी एम सिटी कानपुर के पद पर हो गई थी।

उस रात मैं इन्फियारिटी कॉम्प्लेक्स के कारण सो नहीं पाया। रात भर रेलवे क्वार्टर के आंगन में लेटा हुआ तारों को गिनता रहा। आंखे भीगती जा रही थीं। अचानक मेरा ध्यान अजमेर शरीफ की ओर चला गया। मैं इसके पहले कई बार बता चुका हूं कि मेरा जन्म लखनऊ की एक मुस्लिम बस्ती में हुआ था। दो भाइयों की मौत के बाद मेरा जन्म हुआ था इसलिए सभी के गले का हार जैसा था। उस समय आज की तरह ज्यादा भेदभाव भी नहीं था। उन सब से अजमेर वाले ख्वाजा के बारे मे सुन रखा था। तभी मुगले आजम का वह डायलॉग याद आ गया–

'ऐ शहंशाहों के शहंशाह तूने इस हकीर बंदे को सब कुछ दिया मगर बाप कहने वाली वह आवाज न दी जिससे खानदाने मुगलिया का चिराग रोशन हो सके।'

बहरहाल यह तो मैं दावे के साथ नहीं कह सकता कि किसकी दुआ से एक महीने में ही मेरा डबल प्रोमोशन हो गया। अब मैं झाझा बिहार में हेड मास्टर पद पर था। जो भी हो यकीन ऐसे ही बनता है। मैंने तय किया कि सपरिवार अजमेर जाऊँगा। आरक्षण भी करा लिया। चल भी पड़ा गरीब नवाज को याद करते।

कानपुर जब ट्रेन पहुंची तो देखा ए डी एम साहब यानी

वही मेरे साढू साहब मय लाव लश्कर के साथ स्टेशन पर सपरिवार हाजिर थे। उन्होंने मुझसे लाख कहा उतर जाइये कल चले जाइयेगा। मैंने इनकार कर दिया। बच्चों को उनलोगों ने उतार लिया। मैंने साफ कह दिया कि पहले मुझे अपने लक्ष्य तक पहुंचना है। वापसी में देखा जाएगा।

तो सुबह करीब साढ़े सात बजे अजमेर पहुंच गया। स्टेशन पर पहुंच कर समझ में नहीं आया कि अब किधर जाऊँ? स्टेशन मास्टर के ऑफिस में जा कर अपना परिचय दिया तो उन्होंने बहुत सम्मान देते हुए अधिकारी विश्राम गृह में एक कमरा एलॉट करने की पेशकश की मगर मैंने उन्हें कहते हुए इनकार कर दिया कि मैं सरकारी डयूटी पर नहीं आया हूँ। उनसे कई तरह की वहां के लोकेशन के बारे में बाते हुईं। फिर उन्हें धन्यवाद कह कर गेट के बाहर निकल गया। लेकिन वहां के कर्मचारियों की कार्य प्रणाली और व्यवहार देखकर बड़ी खुशी हुई जबकि अन्यत्र देखने को नहीं मिलता है।

बाहर निकल कर सोचने लगा कि किधर जाऊँ? अपने आप उत्तर की तरफ कदम बढ़ गए। चलते चलते एक सैलून के पास पड़ी बेंच पर बैठ गया।

एक बुजुर्ग नाई किसी का शेव बना रहे थे। मैंने उनसे उसी लखनवी अंदाज में पूछा, 'हुजूर आसपास में कोई सस्ता और अच्छा होटल आप की नज़र में है ?' उन्हीं तब तक शेव बना लिया था। वह मेरे पास आ कर पूछने लगे, 'जनाब कहां से तशरीफ ला रहे हैं?' मैंने लखनऊ बता दिया। वह हंसे और बोले 'तभी तो जुबान इतनी साफ है।' उन्होंने फौरन दो प्याली चाय मंगा ली। मैंने उन्हें मना भी किया पर वह कहने लगे जनाब आप मेरे मेहमान हैं। मैंने चुपचाप प्याली पकड़ ली। फिर वह बुजुर्ग ने पास के एक होटल को बता दिया। बस वही से सीधी सड़क ख्वाजा साहब की दरगाह शरीफ तक जाती है। बमुश्किल एक फर्लांग का रास्ता होगा। मैंने उन्हें शुक्रिया कह कर उनकी जहमत के लिए माफी मांगी। चलते चलते उन्होंने मेरा नाम पूछा तो जब अपना नाम बताया तो वह मुझे

देखते रह गए। तो जनाब आप हिन्दू हैं? माशाअल्लाह क्या मिठास है। तभी तो उसे लोग नवाबों का शहर कहते हैं।

मैं बिना कोई जवाब खुदा हाफिज कह कर अपने होटल की ओर चल पड़ा। आगे जरा ध्यान से घटना पर ध्यान दीजिएगा। उस बुजुर्ग के बताए होटल में पहुंच कर थोड़ा आराम किया। फिर नहा धो कर मजार शरीफ की तरफ चल पड़ा। बमुश्किल करीब 40-45 कदम गया होऊंगा कि एक निहायत मासूम और गोरा चिट्टा खेलता कूदता बच्चा मेरे पास मेरी उंगली पकड़ कर बोला मजार शरीफ चलिएगा? रास्ता भी संकरा है। उस बच्चे का नूरानी चेहरा और मासूमियत आज भी जब याद करता हूँ तो रोमांचित हो जाता हूँ। उम्र यही करीब 7-8 के बीच।

मैं फिर गुजारिश कर रहा हूँ कि खुदारा कोई अफसाना न समझे। मेरा अनुभव है। मैंने सुन रखा था कि मजार के खाविंद लोग ऐसे बच्चों को रखते हैं जो लोगों को पकड़ का ले जाते हैं।

इसीलिए उससे पीछा छुड़ाने के लिए कह दिया, 'अरे बेटा जाओ अपना काम करो। हम रेल वाले हैं रोज आते जाते रहते हैं। बस उसने बिन कुछ बोले मेरा हाथ छोड़ दिया और खेलते कूदते भीड़ में न जाने कहाँ गुम हो गया।

पर जैसे ही मजार के मेन गेट पर पहुंचा उसी बच्चे ने न जाने कहाँ से आ कर मेरा हाथ पकड़ लिया और कहने लगा कि चलिये मैं आपको सब कुछ दिखाता हूँ पर किसी को एक पैसा भी मत दीजियेगा क्योंकि ख्वाजा गरीब नवाज तो खुद देने वाले हैं। उस बच्चे ने उंगली पकड़े पकड़े सब घुमा दिया। बाद में बाहर साथ साथ आया। मैंने सोचा कि इस बच्चे ने इतनी मदद की चलो इसे चाय पिला दें और दो तीन रुपये दे दें। गेट के सामने मुस्लिम होटल था उसी में हम दोनों गए उसे एक कुर्सी पर बैठा कर मैं काउंटर पर दो कड़क चाय लेने चला गया। दोनों चाय ले कर लौटा तो देखा जनाब गायब थे। काफी देर तक इंतजार करता रहा पर वह गायब हुआ तो गायब ही हो गया।

तब से चार दिन मैं रहा और मेरा नित्य का प्रोग्राम रहा

कि होटल में सुबह ही नहा धो कर मजार चला जाता और दोपहर लौटता। इसी तरह शाम को भी निकल जाता। चार पांच दिनों तक रहा और रास्ते मे कई बच्चों को खेलते कूदते देखता रहा पर वह बालक नहीं मिला। तब से हर साल जाता रहा लेकिन वह नहीं मिला। लोगों ने बताया, जो लोग सच्चे दिल से पहली बार यहां आते है उनकी मदद के लिए गरीब नवाज किसी न किसी को भेज देते हैं। अब यह नहीं मालूम कि यह किवदंती है या हकीकत। अपने अपने विश्वास की बात है। लौट कर आया झाझा तो एक हफ्ते बाद फिर आसनसोल के प्रिंसिपल पद पर प्रोन्नति मिल गई। मैंने निष्कर्ष यही निकाला कि सच्चे मन से अगर फरियाद की जाय तो पाषाण हृदय भी पिघल जाता है। इसमें विश्वास अविश्वास की कोई बात नहीं। संभवतः मूर्ति पूजा का उद्देश्य यही रहा है। बैजू और तानसेन के संगीत का उदाहरण आज भी याद किये जाते है कि उनके कंठ से निकले मधुर स्वर पत्थर को पिघलने और अग्नि प्रज्वलित होने पर विवश कर देते थे। धर्म अधर्म के चक्कर मे बिना पड़े हुए एक मन एक विश्वास पर केंद्रित होने से उसका वांछित फल जरूर मिलता है। दूसरी बात किसी भी छोटे से छोटे कार्य करने वालों को कभी हेय दृष्टि से मत देखिये। न जाने किस भेष में बाबा मिल जाये भगवान रे।

मेरा पत्र अपने पुत्र के नाम..!

प्रिय पुत्र नरेन्द्र,

मुझे हार्दिक प्रसन्नता यह सोच कर हो रही है कि तुम्हारे दिवंगत दादाजी यानी मेरे पिता जी ने तुम्हारा नाम 'नरेन्द्र' रखते समय हसरतों की कितनी बुलंदियाँ छुई होंगी। आस्था की स्वर्णिम शिला पर उन्होंने जरूर किसी 'नरेन्द्र' की अलौकिक छवि देखी होगी जिसने एकदिन स्वामी विवेकानन्द के रूप में विश्व को भारतीय-अध्यात्म का अमर-गीत सुना कर घोर आश्चर्य में डाल दिया होगा। आज भी वह अमर संगीत वातावरण में तिरोहित होकर भारत का मस्तक ऊँचा कर रहा है 'भारत का रहने वाला हूँ, भारत का गीत सुनाता हूँ'। शायद तुम्हारे दादा मरहूम की दिली ख्वाहिश रही होगी कि उनका लाड़ला पोता भी उसी 'नरेन्द्र' के नक्शे- कदम पर चल कर एकदिन अखिल विश्व में भारतीय दर्शन की पुनीत पताका फहरायगा। उनका सोचना गलत नहीं रहा होगा क्योंकि हर पिता या पितामह की यही महत्वाकांछा होती है।

नरेंद्र, तुम्हारे दिवंगत दादाजी ने भी उसी स्वाभाविक प्रक्रिया के अनुरूप सोचा होगा क्योंकि उन्हें भविष्य का भान नहीं रहा होगा, किसी को नहीं रहता है। वक्त के बदलते मिजाज को कौन जान सका है? बदलती परिस्थितियों की इबारत को पहले से कौन पढ़ सका है? तुम्हारे दादाजी मेरे पिताजी भी थे पर मैं बड़ी बेबाकी से कहना चाहता हूँ कि संभवतः उन्होंने यह नहीं सोचा होगा कि आने वाले युग में उनके नरेन्द्र को कोई रामकृष्ण परमहंस नहीं मिलेगा। किसी कबीर को घाट की सीढ़ियों पर कोई गुरु रामानंद के रूप में नहीं मिलेगा। इतिहास गवाह है कि नरेन्द्र को 'विवेकानन्द' बनाने में स्वामी रामकृष्ण परमहंस की और कबीर को 'संत कबीर' बनाने में रामानंदजी की क्या महत्वपूर्ण भूमिकाएँ थीं। यह ठीक है कि नरेंद्र और कबीर में भी कहीं न कहीं एक ललक पल रही थी किन्तु उसे मूर्त रूप देने का कार्य उन गुरुओं ने ही किया था।

मेरे विचार से इन बदली हुई परिस्थितियों में अगर वही

'नरेन्द्र' और 'कबीर' भारत की भूमि पर जन्म लेते तो ताउम्र भटकते रह जाते। रामकृष्ण परमहंस और रामानंद के बिना उनके व्यक्तित्व का अभूतपूर्व विकास सम्भव नहीं हो पाता। इस बात को तुम स्वयम् समझ रहे होगे। प्रिय पुत्र, मुझे इसका कतई मलाल नहीं है कि इतनी हसरत से रखे गए नाम को तुमने सार्थक नहीं किया क्योंकि तुम चाह कर भी नहीं कर सकते हो। आज के भारत महान की परिस्थितियाँ कुछ ऐसी ही दिखती हैं।

तुम अपने चारों ओर ऐसा भयावह जाल बुना देखते होगे और उसके उस पार ऐसे हिंसक पशुओं की धमाचौकड़ी देखने को मिल रही होगी कि कलेजा मुँह को आ जाता होगा। तुम सोच रहे होगे कि अध्यात्म और दर्शन के पवित्र संगम-स्थल पर शोषक-शोषितों के बीच झूलती राजनीति की भूलभुलैया कैसे तामीर कर दी गई जिसमें हर तरफ बेसुध पड़े लोग झूठे रिश्तों की दुहाई दे रहें हैं। अपना उल्लू सीधा करने के लिए वो जलालत की किसी हद तक जा सकते हैं। ऐसे में मेरे नरेन्द्र, तुम्हारा किंकर्तव्यविमूढ़ हो जाना स्वाभाविक है।

चिंता मत करो मेरे पुत्र, मैं अच्छी तरह जानता हूँ कि तुम्हें विवेकानन्द न बन पाने का और अपने बाप-दादों के स्वप्न साकार न कर पाने कि पीड़ा होगी परंतु करोगे भी क्या ? नक्कारखाने में तूती की आवाज भला कौन सुनने वाला है? देश की गंदी राजनीति की सुनामी लहरों के बीच भला अध्यात्म और दर्शन की हसीन वादियाँ अपना वजूद काएम रख सकती हैं ? इसलिए कोई ग्लानि नहीं, कोई पछतावा नहीं। क्योंकि समय तुम्हारे वश में नहीं है। लोग तो कहते हैं कि समय की शिला पर इंसान अपनी मनचाही इबारत लिख सकता है पर वह सब सिर्फ किताबी बातें हैं। मेरे विचार में तेज तूफान आने पर उसके गुजर जाने तक मनुष्य को इंतजार कर लेना चाहिए। इसलिए मेरे बेटे, मेरी सलाह यह है कि इस तेज तूफान में तुम अपनी कश्ती का पाल मजबूती से पकड़े रहो और उस 'विवेकानन्द' का यह मंत्र याद करते रहो 'उठो, जागो और आगे बढ़ो'। सब ठीक हो जाएगा। परिस्थितियाँ बदलेंगी, तूफान गुजर

जाएगा और एक चमकता हुआ सूरज तुम्हें तुम्हारी मनचाही मंजिल तक अवश्य पहुँचाएगा पर मन में हो विश्वास।

मेरा और तुम्हारे दिवंगत दादाजी का आशीर्वाद सदैव तुम्हारे साथ है।

तुम्हारा पिता
सुदामा सिंह

मेरे साथ देवदास का सफर..!!

दुनिया की खाक छानते हुए कभी इंसान ऐसी जगह पहुंच जाता है जहाँ उसे मांगी मुराद मिल जाती है। कहने वाले कुछ तो इसे कपोल कल्पित कहानी कह के कचरे के डिब्बे में डाल देंगे और कुछ को मज़ाक के लिए गर्म मसाला मिल जाएगा। अच्छो को बुरा साबित करना दुनिया की पुरानी आदत है।

बात 1963 की है। मैं शिक्षक पद के लिए कोलकाता स्थित रेलवे मुख्यालय गया हुआ था। उसके पहले कभी कोलकाता देखा सुना नहीं था। मगर सवाल नौकरी का था। कहते हैं न कि जब चाह होती है तो राह मिल ही जाती है। इत्तिफाक से मेरे गाँव का लल्लन टैक्सी ड्राइवर मिल गया। शायद उसे मेरे किसी संबंधी ने पत्र द्वारा सूचित कर दिया होगा। जहाँ मेरा साक्षत्कार होना था एक से एक अभ्यर्थी पहुंचे थे बड़े बड़े डिग्री होल्डर। मेरी बारी आई। तो उन सीनियर अभ्यर्थियों के सामने अनमने भाव से उस कमरे में दाखिल हुआ। 5 लोग इंटरव्यू कमेटी के सदस्य बैठे थे। मुझे सामने बैठने के लिए कहा गया। लेकिन एक बात थी कि न जाने कहाँ से साहस आ गया वरना इंटरव्यू फेस करने में अच्छो अच्छो के पसीने आ जाते हैं। मैं तो माँ की कृपा ही मानता हूं। नियम नुसार एक दो सदस्य मेरे प्रमाणपत्र देखने लगे। तबसे चेयरमैन साहब जो हिंदी भाषी और विद्वान लगते थे पूछ लिया कि मिस्टर सिंह आप के प्रमाणपत्र बताते है कि आप को साहित्य में काफी रुचि है। बता दूँ कि कहानी और लेखादि पहले से लिखा करता था किंतु कही छपने लायक नहीं होती थी। तबसे दूसरे मेम्बर ने सवाल दागा, 'अच्छा सिंह आप को कौन सा कवि सबसे अधिक पसंद है?'

मेरा उत्तर- सोहन लाल द्विवेदी।

प्रश्न- आपने प्रसाद, निराला और पंत वगैरह का नाम नहीं लिया। सोहनलाल जी तो कोई प्रसिद्ध कवि हैं नहीं।

उत्तर- सर आपने मेरी पसंद पूछी। मेरी जो पसंद थी बता दिया।

चेयरमैन– अच्छा उनकी कोई कविता याद हो तो कुछ पंक्तिया सुनावे।

उत्तर– निडर हो कर पूछा सर तरन्नुम में या तहतुल में। उर्दू के ये शब्द सुनकर मेम्बरान एक दूसरे का मुंह देखने लगे। हालांकि चेयरमैन साहब समझ गए क्योंकि बाद में मुझे पता चला कि वह डॉ कुलश्रेष्ठ थे जो पश्चिमी उत्तरप्रदेश के रहने वाले थे। उन्होंने कहा आप तरन्नुम में सुनावे। आदेशानुसार कवि सोहन लाल द्विवेदी की कुछ पंक्तियां सुना दी। तारीफ मिली।

चैयरमैन साहब ने अगला सवाल किया कि फिल्में तो आप जरूर देखते होंगे? क्योंकि आप एन एस डी से डिप्लोमा करने के बाद थियेटर से भी जुड़े रहे। तो कौन सी फिल्म आपको सबसे अच्छी लगी? मैंने सोचा कि यह बंगाल है इसलिए बंगला फिल्म बताना इम्प्रेसिव करेगा। मैंने झट से देवदास का नाम ले लिया। उन्होंने क्रॉस क्वेश्चन कर दिया कि कौन सी देवदास फिल्म? सहगल और हेम बरुआ वाली या दिलीप कुमार और सुचित्रा सेन वाली? यहां मैं चकरा गया। तुरंत उत्तर दिया, 'सहगल वाली देवदास जब बनी थी तो शायद मुझे ज्ञान भी नहीं था। पर विमल रॉय कृत देवदास को देखा है। दिलीप साहब और सुचित्रा सेन का रोल गजब का था। देवदास जब रेल गाड़ी में पारो के सुसराल जा रहा होता है और गाड़ी में दारू पीता है तो उस समय विमल दा का निर्देशन सराहनीय दिखा। उधर वह दारू पीता है उधर चलती हुई ट्रेन की कपलिंग इतने जोर का झटका देती है और इंजन के फायर बॉक्स की धधकती आग देवदास के जीवन की श्रृंखला को दर्शाती है। उस दृश्य ने मुझपर गहरा प्रभाव डाला। विमल दा ने अपने कुशल निर्देशन में बहुत कुछ कह दिया।

फिर प्रश्न किया गया कि उस फिल्म का कोई डायलॉग जो याद हो सुनाए। अब मैं उहापोह में पड़ गया कि यह साक्षात्कार है या मज़ाक? करीब एक घंटा हो रहा था। बाहर दूसरे लोग कनफुस्सी जरूर कर रहे होंगे। विषय और रेल संबंधी कोई बात नहीं। इतने में चेयरमैन ने फिर कहा कि आप सुनाइये। समझ लीजिए कि आप इस समय एक्टर हैं और हम सब ऑडियंस। मां ने साहस दिया।

फिर मैंने उनके सामने पानी से भरा गिलास एक्सक्यूज मी कहते हुए उठाया और बेझिझक वही डायलॉग बोलना शुरू किया, 'कौन कमबख्त कहता है कि मैं बर्दाश्त करने के लिए पीता हूँ, जो पीते भी नहीं यहां आते क्यों है'... 'सभी मेम्बरान ने ताली बजाई। लेकिन उनमें से एक मेम्बर ने बड़ी बेबाकी से कहा, 'आप गलत जगह आ गए। आपको तो फिल्मों में ट्राई करना चाहिए।' बिना रुके मैंने उत्तर दिया, 'सर, टीचर को भी एक कुशल अभिनेता होना जरूरी है। उसके बॉडी लैंग्वेज और पढ़ाने के अंदाज एक सीन क्रिएट कर दे जिसमें छात्र किसी चलती हुई फिल्म का एहसास कर लें। सर, दृश्य जल्दी समझ में आता है जबकि श्रव्य में सुनते हुए कभी कभी बोरियत महसूस होती है। मेरा अपना अनुभव है कि एक कुशल शिक्षक को अपने उच्चारण और वाणी पर अधिक ध्यान देना चाहिए। इसके लिए उसे किसी अभिनेता की तरह होमवर्क करना जरूरी है।' उन लोगों ने थैंक यू कह कर मुझे विदा किया। बाहर आया तो उत्सुकता से सभी अभ्यर्थियों ने मुझे घेर लिया। चला तो रास्ते भर सोचता रहा कि वह शिक्षक पद के लिए इंटरवियू था या मेरा मज़ाक? खैर चला आया निराश हो कर। बस एक बात का संतोष जरूर था कि कोई झिझक नहीं और न कोई घबराहट। एक वर्ष के बाद जब सफल लोगों की लिस्ट आई तो मेरा नाम सब से ऊपर था। आउट स्टैंडिंग। सर्व प्रथम पोस्टिंग लिलुआ में मिली।

इस आलेख को लिखने का मकसद कतई न समझें कि मैं अपनी तारीफ के लिए लिख रहा हूँ। बल्कि एक संदेश देना चाहता हूं कि किसी भी इंटरव्यू को हौव्वा न समझ कर बेझिझक देना चाहिए। हां विषय का ज्ञान भी जरूरी है। समझ लीजिये की आप का स्क्रीन टेस्ट हो रहा है। कांफिडेंस जरूरी है। जितना पूछा जाए उसका मर्यादित भाषा में उत्तर दें। आशा है मेरे मित्र इसे अहम भाव से नहीं जोड़ेंगे बल्कि मेरी आत्मकथा का एक अंशमात्र समझेंगे। आभार आप सबका।

जलेबी का चक्कर..!

जनाब, यह गप्प नहीं, अफसाना नहीं, किसी फिल्मी स्क्रिप्ट की पट कथा नहीं और न किसी ख्वाब का फलसफा है बल्कि हकीकत से लबरेज मेरी यादें हैं जो अपने साथियों को बांटने बैठा हूँ।

आदत से लाचार हूँ। खुले दिल का हूँ, अपने दिल का दरवाजा भी खुला रखना चाहता हूँ। अकेले में वही मशहूर गीत बेसुरेपन से ही सही गुनगुनाया करता हूँ, 'चाहे कोई खुश हो या गालियां हजार दे, मस्तराम बन के ज़िन्दगी के दिन गुज़ार दे। 'जी हां ज़िन्दगी की भूल भुलैया में ही दिन कटे हैं तो आदत पड़ गई है आपको भी सीधे रास्ते पर न ले जाकर गढ्ढा युक्त गलियों में भटकाया करता हूँ जैसे कि अपने जमाने के मशहूर लेखक देवकी नन्दन खत्री 'चंद्रकांता संतति' में ऐय्यारी की दूरबीन दे कर भटकाया करते थे।

संदर्भ के लिये बता दूं कि इसी फैजाबाद में उन दिनों पिताजी लोको शेड में कार्यरत थे। निवास रेलवे क्वार्टर था। मैं इंटर पास करके साकेत महाविद्यालय (नया खुला था) में बी. ए में पढ़ता था। मेरे क्वार्टर के सामने वाले दोनों क्वार्टरों में शिया परिवार रहता था। वे भी लखनऊ के होने के कारण हम दोनों परिवारों में काफी आत्मीयता थी। दूसरा कारण लखनऊ के जिस मोहल्ले में मेरा जन्म हुआ था वह शिया बाहुल्य इलाका था। हर ईद और नौरोज को मेरे लिए चिकन का कुर्ता और पायजामा आता था। मेरे यहाँ से भी उनकी बहू के लिये साड़ी ब्लाउज दिया जाता था। उस जमाने में आज की तरह कोई भेद भाव नहीं था। मैंने उर्दू नहीं पढ़ी लेकिन उन्हीं लोगों की शोहबत में जुबान साफ होती चली गयी। शीन काफ में फर्क समझने लगा। किसी ने ठीक ही कहा है, 'संगत से गुण होत है, संगत से गुन जात।' बात आगे बढ़ाऊंगा तो बोरियत महसूस होने लगेगी। बस मुख्तसर में जानिए कि कुछ वर्षों के बाद उन लोगों का तबादला लखनऊ हो गया और में भी कई तजुर्बे हासिल करते हुए स्व. पृथ्वीराज कपूर और ख्वाजा अहमद अब्बास की सरपरस्ती में

एन एस डी से स्क्रिप्ट राइटिंग तथा अभिनय की तालीम लेने दिल्ली चला गया। मगर उसके बाद किस्मत ने रेल में ढकेल दिया। यूं ही दिन, महीने और साल दर साल गुजरते चले गए। 1997 में रिटायर हो कर फैजाबाद चला आया अपने आशियाने में। लेकिन जमाने की रवायत बदलती चली गई। वह मुहब्बत वह अपनापन सब बिखरते चले गए जैसे एक दिल के टुकड़े हजार हुए कोई यहां गिरा कोई वहां गिरा। नजदीकियां दूरियों में बदल गईं।

साल 2009 की बात है मेरी पुत्री अचानक डिप्रेशन की मरीज हो गयी। बड़े बड़े मनो चिकित्सकों से इलाज कराया। कोई लाभ नहीं हुआ। फिर मेडिकल कॉलेज में भर्ती कराना पड़ा। उस समय मैं दैनिक जागरण में बतौर स्तम्भ लेखक 'रामबोला' के नाम से लिखा करता था। देखिये मैं फिर बहक गया।

हाँ तो एक दिन बच्ची ने जलेबी की फरमाइश कर दी। सोच में पड़ गया क्योंकि अब मेरे बचपन का लखनऊ तो रहा नहीं। वह पुराना चौक, नख्खास भी बदल चुका था। मुसाहब गंज, ठाकुरगंज और कैसरबाग सब बदल गया। जिस शिया फैमिली की बात मैंने शुरू किया था लगभग 1955-56 की उनका आशियाना मुसहिबगंज यानी हुसैनाबाद के करीब पुराने लखनऊ में हुआ करता था। समय के अंतराल ने सब करीबी रिश्ते किसी अफसाने की कड़ी बन चुके थे। जिनकी बात मैंने शुरू की उनके करीबी रिश्तेदार का होटल अपने हाल पर बेहाल नख्खास में हुआ करता था जहाँ हर शाम शेरो-शायरी के दीवाने इकट्ठे होकर लंबी लंबी छोड़ा करते थे। किसी के तंग काफिये पर देर तक बहसें चला करती थी। एक प्याली चाय की गहराई में जोश गालिब उमर खय्याम की रूहें सब तैरतीं दिखाई पड़ती थी। मरहूम जनाब यूसुफ साहब अपनी गद्दी (काउंटर) पर बैठ कर मुस्कुराया करते थे और कान में ठुंसी मुश्के अम्बर की फुरेरी की दिलकश खुशबू बतौर इनाम इकराम फिजां में लुटाया करते थे। शाम को नौकरों ने दिन भर का हिसाब जो देदिया लेलिया और अगर मूड अच्छा रहा तो पान की गिलौरी अपनी बत्तीसी की बारादरी के भीतर ढकेलते हुए बोल पड़े, 'अमा रखो भी। बच्चों के लिए अनरसे की

गोलियां लेते जाना।' आज मुझे वह मंजर याद आता है। आजकल के हजरतगंजी स्मार्ट लोगों को उस नवाबी जमाने की दरियादिली सुनाता हूँ तो वे मज़ाक समझते हैं। मगर मैंने तो उस जमाने को फटेहाली में भी तरन्नुम में तराना छेड़ते देखा है। नवाबों के शहर में भी शतरंजी शह मात की सुरी बेसुरी शहनाई सुनी है। आज गो कि एक से बढ़ कर एक होटल तंदूरी चिकन से लेकर चाइनीज फूड के लिए साहब मेमसाहब की भीड़ के लिए मशहूर हैं मगर वह बात कहां? उस जमाने में मेरा बचपना ही था। अपने दोस्त रजी भाई के साथ मैं भी कभी कभी पहुंच कर उन लोगों की नोंक झोंक सुना करता था। कुछ अल्फाज दिलों दिमाग मे उतर भी जाता था।

हां तो अफीमचियों की तरह बहकने की लत पड़ गई है मुझे। जी हां याद पड़ा बीमार अपनी बेटी ने जलेबी की फरमाइश की थी। आप याद रखियेगा 1955 और 2009 का अंतराल। दूसरे दिन सुबह सुबह निकल पड़ा जलेबी की तलाश में। आस पास कोई दुकान नहीं मिली। जो मिली भी वहां सिर्फ समोसे, पूरी सब्जी या ब्रेड पकौड़े बनते मिले मरीजों के तीमारदारों के लिए। जलेबी की खोज में चलता हुआ करीब दो किलोमीटर चला गया। अब कोई हनुमानजी तो था नहीं की संजीवन बूटी के लिए पूरा पुराने नवाबों के शहर को उठा लाता। बहरहाल कहा गया न कि कोशिश करने वालों की कभी हार नहीं होती। इत्तिफाक से एक दुकान दिखी। उससे पूछा, 'भाई साहब आप के यहां सुना है जलेबी मिलती है।' उसने भी लखनवी तहजीब को बरकरार रखते हुए जवाब दिया, 'हुजूर जरा सब्र करना पड़ेगा। चूल्हे का कोयला कुछ धधक जाए तो जलेबी पेशे खिदमत करता हूँ। करीब एक घंटा तो मान कर चलिये। मरता क्या न करता। फिर डिप्रेशन के मरीज की बात थी। इतने में उसने कहा, बाबूजी कब तक इंतजार कीजियेगा? जबसे कहीं चाय वाय पी कर आइए। उसने ही बताया वह देखिये सामने उस पट्टी पर होटल है। देखा होटल नुचा खुचा। दीवारें धुंवे से काली पड़ी थीं। बेंचे बे तरतीब पड़ी हुई थीं। काउंटर पर तहमद लपेटे एक नौजवान खड़ा हुआ था। एक दो मजदूर टाइप लोग चाय पी रहे थे। तबियत तो बिचकी फिर भी मन मार के किसी तरह चाय का ऑर्डर दिया। मैला कुचैला एक

लड़का मेरी मेज पर एक शीशे के गिलास में चाय रख गया। चाय पीते हुए मैंने पूरे होटल का जायजा लेना शुरू किया। अतीत धीरे ध ीरे किसी फिल्म के फ्लैशबैक की तरह आने लगा। चाय किसी तरह खत्म करके काउंटर पर पेमेंट के लिए पहुंचा। उस दरम्यान उस नव जवान से जानकारी भी लेता रहा। मैंने उस युवक से पूछा, 'भाई यहाँ कहीं बहुत पहले जनाब यूसुफ हुसैन साहब का होटल हुआ करता था जहाँ हर शाम से रात तक शेरो शायरी के उस्ताद जमे रहते थे। यूसुफ साहब तो उसी जमाने में साठ सत्तर के हो चुके थे। उनकी एक बेटी थी जो जनाब ताहिर हुसैन साहब को ब्याही गई थीं। ताहिर साहब तीन भाई थे वह खुद और मंझले तकी और सबसे छोटे रजी भाई। जनाब ताहिर साहब की बीवी को हम लोग भाभी न कहकर अनारकली कहा करते थे क्योंकि उसी जमाने में 'अनारकली' फिल्म आई थी। वह लोग उस वक्त फैजाबाद में हमारे रेलवे क्वार्टर के सामने रहा करते थे। बाद में उनका तबादला लखनऊ हो गया था। बहुत अरसा हो गया। इस तरह मैंने पूरा शिजरा बयान किया तो वह नवजवान भी बड़ी खामोशी से सुनता रहा। फिर अचानक बोल पड़ा, 'चचा जान आप वहीं उसी होटल में तो खड़े हैं। मरहूम यूसुफ साहब का मैं भतीजा हूँ। ताहिर कैसर और बाजी सब अल्लाह को प्यारे हो गए। मुसाहब गंज वाला मकान भी बिक गया। रजी भाई अपनी सुसराल मौलवीगंज में माशाल्लाह अपने बच्चों के साथ रहते हैं।' मैंने होटल की हालत को पूछना अच्छा नहीं समझा लेकिन खुशी के साथ हैरत भी हुई कि न जलेबी का चक्कर होता और न बीते दिनों के इतिहास से अपने को जोड़ पाता। तभी लोग कहते हैं कि दुनिया गोल है। इतने में जलेबी वाले ने पुकारा बाबूजी जलेबी तैयार है। मैं बीते दिनों की यादें ताजा करते हुए उस जमाने के प्रगाढ़ रिश्ते को माध्यम मान रहा था। बस सब से अनुरोध है कि यह कोई मन गढ़न्त कहानी नहीं है। अनुभव है। बीते दिनों की हसीन यादें हैं जिनसे मैंने बहुत कुछ सीखा। खुदा के करम से फैजाबाद के एक मामूली से होमियोपैथ से बच्ची ठीक हो गई। इत्तिफाक से वह भी शिया ही थे। अब वह भी इन्तिकाल फरमा गए।

अतीत के अक्षर....!

ज़िंदगी भर न भूलेगी वह सुहानी तारीख 17 दिसंबर 2017 अतीत में अपने नादान नन्हें-नटखट बच्चों के सामने अपनी फटी झोली से एक-एक अक्षर बिखरा कर खेलने के लिए कहा था मगर उन्होंने अपनी लगन, मेहनत और मोहब्बत से एक ऐसी सुंदर आकृति स्थापित कर दी कि जैसे झाझा (बिहार) की चट्टानों पर किसी उमर खैयाम ने बेशकीमती रुबाईया लिख दीं हों। अतीत में बिखेरे गए अक्षरों से खेलते-खेलते उम्रदराजी की दहलीज पर कदम रखते ही झाझा रेलवे स्कूल के बच्चों ने तालीम की टकसाल से ऐसी नायाब अशर्फियाँ निकाली कि जाते-जाते वर्ष 2017 कुछ देर के लिए ठहर सा गया। इतिहास के पन्ने फड़फड़ाते हुए ब-आवाजे बुलंद 'गुरु-शिष्य मिलन समारोह' के गीत गुनगुनाने लगे। अदब और आदाब की झील में मचलती लहरें जैसे नापाक जलकुंभियों को हटाते हुए बरबस 'बच्चन' की 'मधुशाला' की हाला का रूप रख कर सुना रहीं थीं, 'बैर बढ़ाते मंदिर-मस्जिद, प्रेम बढ़ाती मधुशाला।' जैसे चारों ओर से ऊंची-नीची। पहाड़ियों के आगोश मे सिमट गई रंग-बिरंगे फूलों की क्यारियाँ अपनी दिलकश महक से देश-विदेश से आए तालिबे-इल्म अपनी मुकद्दस माटी और अपने रहनुमाओं के सम्मान मे पलक-पांवड़े बिछाने के लिए बेकरार हुए जारहे थे। सचमुच वह कभी न भूलने वाले क्षण थे। मैंने उन्हें अक्षर जरूर दिये मगर उन्होंने उन बिखरे हुए अक्षरों को जोड़कर इतना अजीमु-शान महल खड़ा कर दिया जिस पर गुरुजनों को तो गर्व होना स्वाभाविक है ही साथ ही झाझा वासियों को भी जिनके दिलों में आज भी इस ऊहापोह युग में गंगा-जमुनी तहजीब की निर्मल धारा प्रवाहित हो रही है। कौन जानता था कि अतीत के वे शब्द कभी वाक्य ही नहीं महावाक्य बन कर 'गुरु-शिष्य परंपरा' को जीवंत बना देंगे। इस अवसर पर अपने पूर्ववर्ती छात्र-छात्राओं को विशेष आशीर्वाद और अपनी टीम के प्रति आभार न व्यक्त करना गैर-इंसाफी होगी।

आत्मावलोकन..!

साहिबगंज के जिस रेलवे स्कूल के अनुशासन का सेहरा मेरे सिर पर रखा जा रहा है, वास्तव में मेरी अंतरात्मा उसे कबूल नहीं कर रही है। वैसे स्कूल की स्थापना 1868 में हुई थी एक प्राइमरी स्कूल के रूप में। जब हाईस्कूल बना तो अब्दुल सलाम साहब पहले हेड मास्टर बने। उनके रिटायर होने के बाद श्री जे एन त्यागी मुगलसराय से प्रोमोशन पाकर यहां हेडमास्टर आदरणीय त्यागी जी जब मुगलसराय रेलवे इंटर कॉलेज में जीव विज्ञान के प्रवक्ता थे तब मैं वहां प्राइमरी टीचर था। श्री त्यागी जी वहां एन सी सी अफसर भी थे। नाटकों के कारण मुझे प्रसिद्धि मिलने में देर नहीं लगी। जब उन्होंने साहिबगज के पद को सम्हाला तो उसी समय स्कूल का शताब्दी वर्ष पूरा हो रहा था। स्कूल में प्रशाल और पुस्तकालय के साथ जीव विज्ञान कक्ष की स्थापना उन्हीं के समय मे हुई थी। उनके अनुशासन की लोग काफी तारिफ करते थे। पर्सनलिटी भी ईश्वर ने अच्छी दे रखी थी। उन्हीं के समय मे स्कूल में एन सीसी (जूनियर डिवीजन) लाई गई जिसके पहले अफसर जॉन अग्रवाल बनाये गए। बाद में श्री एल बी चौधरी (अब सेवानिवृत) जीव विज्ञान शिक्षक को कमान दी गई। बहुत दिनों तक त्यागी जी के प्रशासन की चर्चा होती रही। उनके बाद श्री बी पी मेहता ने हेडमास्टर का कार्यभार संभाला। यद्यपि उनके प्रयास से स्कूल इंटरमीडिएट में तब्दील किया गया। वह भी मुगलसराय में अंग्रेजी प्रवक्ता रह चुके थे। तब मेरी कार्य शैली को देख कर रेल प्रशासन ने मेरा प्रोमोशन हेड मास्टर के पद पर करके मुझे झाझा भेज दिया था। इसकी एकमात्र वजह मेरी कार्य शैली, सांस्कृतिक कार्यक्रमों में रुचि के कारण रेलमंत्री कमलापति त्रिपाठी और सांसद श्याम लाल यादव से निकटता भी थी क्योंकि उनके प्रत्येक कार्यक्रमों का संचालन का उत्तरदायित्व मुझे दिया जाता था। उस बीच बहुतों ने संचालन का प्रयास किया किन्तु वही होता है जो मंजूरे खुदा होता है। हा तो साहिबगज की बात कर रहा था। जिस तमन्ना से श्री त्यागी जी ने प्रशाल बनवाया था वह

उनके जाने के बाद बेहाल हो कर आठ आठ आंसू रोने लगा। कबाड़ घर बना दिया गया। यह तो मैं भूल गया था कि त्यागी जी ने एक फिल्म प्रोजेक्टर मंगवाया था जिस पर हर महीने छात्रों को फिल्म दिखाई जाती थी। मेहता साहब के बाद श्री भट्टाचार्य आसनसोल से प्रिंसिपल के रूप में आये। उन्हें भी सांस्कृतिक क्रियाकलापो में कोई रुचि नहीं दिखी। इंटरमीडिएट होने के बाद स्कूल दो भागों में बंट गया मिडिल स्कूल सुबह की पाली में और क्लास 9 से 12 तक दिन की पाली में चलाया जाने लगा। तभी रेलवे हायर स्कूल आसनसोल से तबादला साहबगंज और भट्टाचार्यजी का आसनसोल कर दिया गया। मेरी एक अच्छी या बुरी आदत कहिये मैं जहाँ जाता था वहां चार्ज लेने देने के बाद पूर्व प्रधानाध्यापकों की कार्य शैली जानने की कोशिश करता फिर कालोनी में रहने वाले बच्चों के आवास पर बिना बताए पहुंच कर परिवार से संपर्क करता अपने चैम्बर में बहुत कम बैठता। क्लास क्लास घूमता रहता। यदि क्लास में किसी कारण से शिक्षक को जाने में देर हो जाती तो स्वयम् पढ़ाने लगता। साइंस के क्लास में दिक्कत होती तो ग्रामर पढ़ाने लगता। शिक्षक से बड़ी मधुर वाणी में समझाता कि कोई बात नहीं। आखिर मेरा भी तो अभ्यास बना रहना चाहिए। सीधी सी बात की कमांडर को ही नहीं मालूम कि राइफल्स के कितने पार्ट होते है तो सैनिक से क्या आशा की जा सकती है। तो मैंने खाली समय में पूरी बिल्डिंग का जायजा लिया। फिर रेलवे बिजली घर, आई ओ डब्लू आदि से संपर्क करना शुरू कर दिया। सबसे पहले प्रशाल की साफ सफाई की व्यवस्था की। पुस्तकालय को मीटिंग रूम बनाया। रेल प्रशासन और स्थानीय प्रशासन का मैं बहुत आभारी हूँ कि उन्होंने मेरे उत्साह को देख कर पूरा सहयोग किया। स्कूल का समय दिन के 11 बजे से शाम 04-30 तक था लेकिन एक घंटे पहले पहुंच कर हर रूम की सफाई व्यवस्था और बिजली पंखा देखता। उस समय मोबाइल तो था नहीं। कहीं गड़बड़ी देखते ही फोन करने लगता। एक बार तो एक दो क्लास का पंखा नहीं बना तो मैंने भी अपने ऑफिस का पंखा बंद रखा। मैंने कई सांस्कृतिक कार्यक्रम प्रशाल में कराया। बहुत सफल रहा

जबकि लोग कहते थे कि बाहर से लड़के प्रशाल की छत पर ढेले चलाते हैं। पर ऐसा कुछ भी नहीं हुआ। अधिक तो लोग मेरी कार्य शैली के बारे में जानते ही हैं। उस समय के छात्र भी जानते है। रेल प्रशासन मालदा का आभारी हूँ कि मेरे पद ग्रुप ए के अनुरूप मेटल पास और सैलून मुहैय्या कराया। संभवतः पूर्व रेलवे का मैं ऐसा खुशनसीब प्रिंसिपल था जिसे मेटल पास और सैलून मिला था। एक बार त्यागीजी सेवानिवृत के बाद सहिबगज आये थे तो आश्चर्यचकित हो गए ये सब सुविधाये देखकर। मैंने दिखाया कि हर रूम में स्पीकर लगे थे। जी के मैं अपने चैम्बर से पढ़ाता था। सभी शिक्षकों को मना कर दिया गया था कि वे जी के प्रसारण के समय क्लास में नहीं रहेंगे। बच्चे शान्त भाव से सुन रहे थे और नोट बुक पर लिख रहे थे। वह सिर्फ एक प्रयोग था। कहा गया न खाली दिमाग शैतान का घर। मैंने कोई अजूबा काम नहीं किया बल्कि बने बनाये घर को थोड़ा सजाने की कोशिश की। पद की प्रतिष्ठा को कायम रखने का प्रयास किया। इसके लिये अभिभावकों के साथ नगर वासियों का भी खूब सहयोग मिला। कदम बढ़ाइए मंजिल कदमों में होगी।

झमकोइया लूटे बाजार..!

मैं अपना कुसूर कबूल करता हूँ कि हमेशा आप सबको ट्रेजडी किंग दिलीप की तरह गमगीन करता रहा कभी हँसाने के लिए महमूद और जॉनी वाकर के बीच न ही ले गया। वैसे अपने असली जीवन मे रोनी सूरत बना कर सुनाता रहा, 'जाने वह कैसे लोग थे जिनके प्यार को प्यार मिला, हमने तो कलियां मांगी कांटों का हार मिला। 'पर चिंतन की चौड़ी सड़क पर चहलकदमी करते हुए याद आया कि गुल से खार अच्छे हैं जो दामन थाम लेते हैं।

प्लीज़ डोंट बी सीरियस। आइए आप को ले चलते है कौमी एकजहती की गवाह बनी झाझा की पहाड़ियों के उस पार जहाँ मैंने बहुत कुछ सीखा। रंगमंच से लेकर क्लासरूम तक। उस समय मेरे हाई स्कूल से कुछ दूर पर रेलवे का मिडिल स्कूल था। वहां के हेडमास्टर थे श्री सी आर पी शर्मा। आकर्षक व्यक्तित्व के धनी और व्यवहार कुशलता में अग्रणी। उनकी पहचान थी बागबानी और कहीं दावत में भोजन। उनके खाने के पहले अगर कोई बगलगीर उठ गया तो तो समझ लीजिए उसकी शामत आ गई। इसी तरह अगर उनके बगीचे का एक भी फूल टूटा तो सारा गुस्सा चपरासी या सफाईकर्मी पर फूट पड़ता। पूजा के लिए बहुत गिड़गिडारते मगर क्या मजाल उनका दिल पसीज जाता।

बात अब उनके भोजन की करते हैं। किसी दावत में कम से कम 160 पूरियां उनके लिए मज़ाक था बशर्ते पानी का गिलास उनके सामने न रखा हो। परोसने वाले भी खूब ट्रेंड होते थे। एक एक पूरी खिलाते खिलाते तो कभी 160 के पार हो जाते थे। सब्जी है तो ठीक है वरना एक पाव या आधा किलो चीनी उनके सामने हो। गुड़ हो तो सोने में सुहागा। मगर खाने के दौरान एक कतरा पानी का नहीं। डकार लेते तो मैंने कभी देखा नहीं।

एक बार की घटना है मेरा परिवार था नहीं। मुझे खाने की उतनी चिंता नहीं रहती थी। कभी कालोनी में घूम कर बच्चों की जानकारी लेना और कभी नाटक के रिहर्सल का चक्कर। उस दिन

मैंने दो रोटी सेंक ली। दूध आधा किलो रखा था। सोचा रात में दूध रोटी खा लूंगा।

उसी शाम बाबू बैजनाथ सिंह, सक्सेना साहब, स्व. महेंद्र सिंह और दो चार लोगों का दल आ धमका। शर्मा जी तो दूल्हा ही थे। घूमने का प्रोग्राम बना। सब लोग निकल पड़े। बुकिंग ऑफिस के पास ही मिठाई चाय पकौड़े का होटल था। दुकान मालिक थे राज वल्लभ शर्मा। जलेबी छन रही थी और मोतीचूर के लड्डुओं से थाल भरा था। सब बेंच पर बैठ गए। शर्मा जी की मान मनौवल करने लगे। शर्माजी ने कहा तुम लोग खिलाओगे नहीं बस ललचा रहे हो। चैलेंज था। हम लोगों ने दो दो चार चार पीस खा कर बिस्मिल्लाह कर दिया। फिर तो शर्मा जी ने पूरी थाल लड्डुओं की सफाचट करने के बाद जलेबियों को ललचाई नज़र से देखा। हम लोग समझ गए। उनको खिलाने के ढंग बैजनाथ बाबू को खूब आता था। नौकर ने पानी से भरा जग और गिलास ला कर रखा ही था कि उसे फटकार सुनने को मिली। हाँ वह दुकान राज वल्लभ शर्मा की थी। वे भी शर्मा जी की आदतों से वाकिफ थे। फिर हमारा दल यक्ष राज स्थान का चक्कर लगाते हुए आगे हाईस्कूल से तालाब के किनारे किनारे वापस होने लगे। बीच मे हमारे छात्र रवींद्र केशरी के पिता जी की मिठाई की दुकान थी चाशनी में पड़े रसगुल्लों को देख कर शर्मा जी ठिठके। हम लोग उनका मंतव्य समझ गए। जम गई पार्टी वहीं। मिठाई के सभी दुकानदार शर्मा जी की कला को खूब समझते थे। रसगुल्ले का दौर चला। एक दो हम लोगों ने खाये बाकी करीब 40 शर्मा जी के जिम्मे रहा। पानी की अब तक एक बूंद नहीं। न कोई डकार। रविन्द्र अब तो बड़ा हो गया और रेल विभाग में कर्मचारी है पर वही सीधा साधा स्वभाव पाया है जो उस्के पिताजी और दादा जी का था।

अब काफिला वहां से रवाना हुआ। पहले चांदमारी मैदान के पास मेरा आवास था। वहां महफिल जमी। शर्मा जी ने मेरे मुंह लटकाने का मतलब पूछा। मैंने उन्हें बताया कि मेरे दूध और रोटी का क्या होगा? शर्माजी ने तपाक से जवाब दिया, ‘अरे में किस मर्ज का इलाज हूँ? लाइये आपकी समस्या अभी हल किये देता हूँ। मैं

अंदर से दूध और रोटी ले आया। शर्माजी ने रोटियों को आधा किलो दूध में मिलाया और देखते देखते सफा चट कर गये। ऊपर एक पाव गुड़ भी। मगर पानी के नाम पर कहते, पानी रे पानी तेरा रंग कैसा? डकार तो अभी भी नहीं। लोग शायद यकीन नहीं करेंगे पर पुराने लोग जानते होंगे। दो लोग अभी भी गवाह है एक तो रविन्द्र केशरी और दूसरे कपिल साह चर्घरा वाले। एक और हैं बाबू बैजनाथ सिंह जो अब मोकामा में रहते है। ऐसी अलौकिक यादें आज भी मेरे जेहन में बसती है। उन्हें याद कर के आज भी हँस लेता हूँ।

अनुभव और अभिनय..!

यह तो सभी जानते हैं कि अपनी भूमिका निभाने के लिए एक कलाकार को कितना होमवर्क करना होता है? उन दिनों मेरी पोस्टिंग उस समय के मुगलसराय यानी आजके प. दीन दयाल नगर के सेंट्रल कालोनी स्थित ए टी पी स्कूल में थी। रेल कर्मचारियों के बच्चों के लिए ऐसे प्राइमरी स्कूल स्व. जगजीवन राम (तत्कालीन रेलमंत्री) की योजना अनुसार खोले गए थे जो देश भर में विभिन्न रेल कालोनियों में खोले गए थे जिनका संचालन रेलवे के कल्याण विभाग के जिम्मे था। एक बड़ा सा हालनुमा भवन जिसकी छत एस्बेस्टस शीट की होती थी। एक शिक्षक और पांच क्लास। शिक्षक ही चपरासी, सफाईकर्मी और घंटी बजाने वाला होता था।

जी कोडरमा के बाद मेरी दूसरी पोस्टिंग यहीं हुई थी। मुझसे पहले के शिक्षक का ट्रांसफर हो गया था। जब मैंने उनसे चार्ज लिया तो सिर्फ एक अदद कुर्सी मेज और लगभग 50 छात्र छात्राएं ही मिले। रजिस्टर के नाम पर एक फटा पुराना रजिस्टर और पुरानी फटी कथरी ही मिली। कथरी का राज जानना चाहा तो उन्होंने हंसते हुए कहा कि कोई मेहमान आ जाता है तो स्कूलवे में सुला देता हूँ। पहले तो बहुत पश्चाताप हुआ कि कहां आकर फंस गया पर नौकरी का भी सवाल था। दोपहर में चरवाहों का मजमा लग जाता था।

खैर, किसी अदृश्य शक्ति ने मेरा मनोबल बढ़ाया। अभिनय काम आया। यह तो बताना मैं भूल ही गया कि स्कूल की फर्श कच्ची थी जिसे प्रत्येक शनिवार को बच्चे गोबर से लिपाई करते थे। न जाने क्यों मुझे उन नन्हें मुन्ने बच्चों का यह काम पसन्द नहीं आया। सोचने लगा अपने बच्चों को तो खूब साफ सुथरा रखना चाहता हूँ तो ये भी तो किसी के बच्चे हैं। अधिकारियों को पक्की फर्श और बाथरूम बनवाने के लिए खूब लिखता रहा, मिलता भी रहा। अधिकारियों ने अपने स्तर से सहयोग भी किया। स्कूल मेन रोड के किनारे था इसलिए बाहर दीवार पर एक सीमेंटेड बोर्ड बनवाया जिस पर आज की बात के अंतर्गत नित्य नए नए विचार

लिखता रहा। मार्ग से गुजरनेवाले रुक कर पढ़ने में रुचि लेने लगे। धीरे धीरे चरवाहों का जमावड़ा भी कम होने लगा। अब प्रश्न था कि शिक्षक अकेला मैं और कक्षाएं एक से पांच तक। रूम भी एक। गर्मी में बैठा नहीं जाता था। छत एस्बेस्टस की होने के कारण तपा करती थी। बारिश में सड़क के राहगीर भी भीगने से बचने के लिए आ जाते थे। पास में ही ग्राम अमोघपुर था जो काफी चर्चित था।

लेकिन जहाँ चाह है राह मिल ही जाती है। उस समय मेरी आर.एस.एस., एन.सी.सी. और स्काउटिंग के प्रशिक्षण काम आए। मैंने एक प्रयोग करने की ठानी। हालांकि कुछ लोगों ने मेरा मज़ाक उड़ाया। मैंने प्रत्येक क्लास से तेज तर्रार बच्चों को चुना और उन्हें स्कूल के बाद अपने ढंग से ट्रेनिंग देने लगा। उन्हीं में से दल नायक और टोली नायक चुने। प्रोमोशन पा कर उनका मनोबल काफी बढ़ गया। उन्हें राष्ट्र गान तक नहीं सिखाया गया था। छात्राओं की टोली का नाम रानी लक्ष्मी बाई टोली, छात्रों की टोलियों के नाम वीर शहीदों के नाम पर रखा। अंदर ही सावधान विश्राम का प्रशिक्षण देना शुरू किया। एक दिन जब यह टोली वाइज बाहर मैदान में निकाला तो लोग आश्चर्य में पड़ गए। हर टोली गिनती कर के अपने टोली नायक को रिपोर्ट करता। टोली नायक दल नायक को रिपोर्ट करता। दल नायक सब जोड़ कर और सावधान के साथ हिलो मत कह कर मुझे रिपोर्ट करता। मैं हर टोली के साथ अलग अलग बैठने को कहता और वही टोली नायक उन्हें अलग अलग कक्षाओं को पढ़ाते। उसके पूर्व राष्ट्र गान होता। वह समय नागरिक सुरक्षा का भी था। छुट्टी होने के समय भी वही प्रक्रिया। घर वापस जाते समय कभी कभी मैं रिहर्सल के लिए सीटी बजा देता। बस जो बच्चा जहाँ होता वहीं बमबारी से बचने के लिए लेट जाता या पोजिशन ले लेता। मेरा प्रयोग सफल हुआ। फिर सभी कालोनी के शिक्षकों ने निर्णय लिया कि परीक्षाएं एक साथ होंगी और प्रश्नपत्र एक होंगे। कापियां दूसरे स्कूल के शिक्षक जांचेंगे। फिर तो अधिकारी भी उत्साहित होने लगे। फर्श भी पक्की हो गई और बाथरूम भी बना दिये गए। प्रवेश के लिए अधिकारियों तक के बच्चे आने लगे। मुझे सीख मिली कि छात्र

छात्राओं में प्रतिभाओं की कमी नहीं होती है। शिक्षक या शिक्षिकाओं को त्याग करने की जरूरत होती है और चाइल्ड साइक्लोजी पर ध्यान देना होता है। बच्चे बड़ों की अपेक्षा जल्दी सीखते हैं। टीचर को किसी कुशल अभिनेता की तरह होम वर्क करना पड़ता है।

कन्हैया धाम में एक शाम..!

वर्ष तो ठीक से याद नहीं पर कोई पांच-छह वर्षों पहले की बात है। डॉ राम जन्म मिश्र की प्रगति वार्ता और विक्रमशिला विद्यापीठ के तत्वावधान में साहबगंज जिले के 'कन्हैय्या धाम' में एक भव्य साहित्यिक आयोजन किया गया था। देश विदेश से प्रसिद्ध साहित्यकार पधारे थे। इस नाचीज को भी आमंत्रित किया गया था। रमणीक स्थल। कलकल ध्वनि करती हुई परम पवित्र गंगा की धारा बरबस मन मोह रही थी। लोगों ने बताया यहीं पर चौतन्य महाप्रभु को कृष्ण के बाल रूप का दर्शन हुए था। इसी शिला पर वनफूल अपनी लेखनी से खेला करते थे। शब्दों में मुझ जैसा छात्र रचनाकार असमर्थ है वहां की शोभा का वर्णन करने के लिए। फिर भी वहां कुलपति जी एवम प्रगति वार्ता के संयुक्त निर्णय से मुझे 'भाषा रत्न' एवम 'पत्रकारिता शिरोमणि' से अभिनंदित किया गया यद्यपि मैं उन मूर्धन्य साहित्यकारों के बीच अपने को पिछली बेंच पर बैठने वाला एक अधकचरा रचनाकार ही समझ रहा था। वैसे भी मैं किसी ऐसे समारोह में पीछे की पंक्ति में बैठना पसंद करता हूँ। कार्यक्रम शुरू होते ही मैं साहित्य चर्चा पर कम और चारों ओर के वातावरण पर एक पत्रकार की तरह अधिक ध्यान दे रहा था। मुझे आश्चर्य हुआ देख कर कि मंच को ओर मात्र दो चार होम गार्ड के जवान तैनात थे जबकि पीछे की ओर करीब एक दर्जन से अधिक ग्रामीण वेशभूषा में निडरता पूर्वक लोग टहल रहे थे। उनके बारे में और बेचारे उन होम गार्डों के बारे में चिंतन करने लगा। उनमें से एक ग्रामीण आदिवासी खैनी मलते हुए दिखा। मुझे मौका मिल गया। मैं धीरे से उठा और उन आदिवासियों की तरफ खैनी के लोभ मे बढ़ गया। मेरा उधर जाना देखकर आपस मे कनफुस्सी करने लगे। तबतक मैं उन लोगों के करीब पहुंच कर खैनी की मांग कर डाली। जो भी हो खैनी में अपनत्व बहुत होता है। बातचीत करते करते अपनी जिज्ञासा प्रकट कर दी कि आपलोग इस वेशभूषा में और उधर खाकी, वह भी सिर्फ दो चार। उनमें से एक हंसते हुए बोला बाबू उ सब सरकारी और

हम सब गैर सरकारी। हम को तो खुशी है कि जो प्रोग्राम बड़का बड़का शहर में होखे के चाही उसे आप लोग इस निर्जन में कर रहे हैं। आप लोगन के कौनु तकलीफ नाही होखे के चाही। मैं मुस्कुराता रहा। उसी में से मुझे कोने में झाड़ी के पीछे ले जाकर कमर से कट्टा निकालते हुए बोला सर हम लोग ही नक्सलाइट कहलाते हैं। लोग हमें जितना बदनाम करें मगर बाबू हमारी मांग है कि अच्छी सड़के और विकास के नाम पर करोड़ों रूपये सिर्फ बड़े शहरों के लिए ही खर्च किये जा सकते है? भोटवा तो है लोग भी देते हैं। पर आप जिस सड़क से आये हैं उनकी दशा देख कर आप लोग खुद सोचे। अब हमारे नाम से दूसरे गुंडा गर्दी या खून खराबा करे तो हम क्या करें। मैं उनकी बात पर रातभर चिंतन करता रहा मगर परिणाम तक नहीं पहुंच सका। वापसी में डी आर एम की गाड़ी में स्टेशन तक आया। सचमुच कभी कभी तो सिर फूटने से बचा। डी आर एम साहब तो मालदा चले गए और मैं एक पैसेंजर ट्रेन से सहिबगज आगया। मगर इनकी उनकी बातें सोचता रहा।

यादें बांटना चाहता हूँ...!

        यादें ज़िंदगी की एक हकीकत है। कुछ यादें भुला दी जाती हैं और कुछ ताउम्र याद रहती हैं। यही तो है इंसानी ज़िंदगी की फितरत। एक लंबा सफर है ज़िंदगी का। कुछ लोग अपनी बेशकीमती यादों को बिना बांटे दुनिया से रुखसत हो जाते हैं और कुछ अपने जीते जी दूसरों को बाँट कर अपना फर्ज पूरा करते हैं। जैसे कुछ लोग दूसरों के लिए अपना अंगदान दे कर उन्हें नया जीवन देते हैं, वहीं दूसरी ओर माया-मोह मे फंस कर अपने अच्छे-भले अंगो को शमशान की जलती चिताओं के हवाले कर देते हैं। ख्याल अपना-अपना, नज़र अपनी-अपनी। यादों के झरोखे से अगर झाँक कर देखा जाय तो ज़िंदगी के पर्दे पर कभी खुशी कभी गम की सीन देखी जा सकती है या कह सकते हैं कि ज़िंदगी कुछ भी नहीं तेरी-मेरी कहानी है जिसे सुनने और सुनाने में ही मजा आता है। खुदारा यह कतई न समझें कि मैं अपनी यादों की रिमिक्स पेश कर के अपनी काबिलियत का परचम लहराना चाहता हूँ। मेरा मकसद सिर्फ इतना है कि शायद मेरी यादें मेरे यारों की ज़िंदगी के किसी कोने में कहीं काम आ जाएँ। क्योंकि बहुत सी बातें सिर्फ पुस्तकीय ज्ञान से हासिल नहीं की जा सकती है, चाहिए उसके लिए दूसरों के अनुभवों का लाभ उठाना। इसे इसी नजरिये से अगर पढ़ा जाए और मेरे जैसे नाचीज लोगों के 'अहं' को नज़रंदाज कर दिया जाए तो मैं समझता हूँ कि जीवन में कहीं न कहीं इनका उपयोग किया जा सकता है। सबसे पहले मैं शुक्रगुज़ार हूँ अपने मोहल्ले (लखनउ) के उस पागल का जिसने सबसे पहले मुझे 'गुरुजी' का नाम दिया। उस वक्त मेरी उम्र सिर्फ सात-आठ साल की रही होगी और उसकी आयु लगभग चालीस साल की। उसने मुझमें न जाने क्या पाया क्या देखा कि उसने मुझे गुरुजी का खिताब दे डाला। यही नहीं यह जान कर लोगों को जरूर हैरत होगी कि भीषण रूप से पागल मंगरु भले दूसरों को देख कर गाली-गलौज करता रहा हो लेकिन मुझे देख कर बिलकुल शांत हो कर चरण स्पर्श करने झुक जाता था। अब

मुझे पूर्व जन्म के सम्बंध का तो पता नहीं है किन्तु लोग यही मानते थे कि जरूर उसके साथ मेरा पूर्व जन्म का कोई रिश्ता रहा होगा। आज जब मुझे मुझसे बड़े लोग गुरुजी के नाम से संबोधित करते हैं तो मुझे उसकी याद आ जाती है। शर्म तो जरूर महसूस करता हूँ मेरे जैसे अदना इंसान को जिसे अध्यात्म का कोई ज्ञान नहीं, उसे लोग आदर के साथ गुरुजी कहें। यह शायद उसी पागल मंगरु की भविष्यवाणी रही होगी जो मैंने आगे चल कर शिक्षा-जगत से जुड़ कर सच्चे अर्थों में गुरुजी बनने का अथक प्रयास किया।

कांटों में सौंदर्य..!

किसी ने ठीक ही कहा था, 'पाप से घृणा करो, किन्तु पापी से नहीं'। मुगलसराय (प. दीन दयाल नगर) का एक अजीबो-गरीब अनुभव बताने को भूल गया था। बात 1966 या 67 की होगी। पहले बता चुका हूं कि उस समय मेरी पोस्टिंग मुगलसराय में ही थी। निवास सेंट्रल कालोनी में था। सेन्ट्रल कालोनी के पीछे ही कालोनी से लगा अमोघपुर गांव है। यहाँ यह भी बताना उचित समझता हूं कि उसी सेंट्रल कालोनी के बीच उत्तर दिशा में कभी कूढ़ कला (कूढ़े) गांव हुआ करता था जहाँ स्व लाल बहादुर शास्त्री का जन्म हुआ था। मेरा दुर्भाग्य ही रहा कि शास्त्रीजी और प. दीन दयाल जी के आकस्मिक निधन के समय मेरी पोस्टिंग मुगलसराय में ही थी।

छोड़िये, मूल घटना और मेरे अनुभव को शेयर कीजिये। वह गांव अमोघपुर उस जमाने में रेल और पुलिस के लिए निहायत सिरदर्दबना हुआ था। यह तो सभी जानते हैं कि जब स्टीम इंजन चलते थे तो मुगलसराय यार्ड कोयला चोरी का बड़ा केन्द्र बना हुआ था साथ ही वैगन ब्रेकर्स का बड़ा अड्डा था। अमोघपुर में लगभग साठ प्रतिशत लोग इसी लिए बदनाम थे। आये दिन जी.आर.पी. और आर.पी.एफ. के छापे पड़ा करते थे। सब के बावजूद वे लोग रामनवमी का पर्व बड़ी धूमधाम से मनाते थे। कभी सुप्रसिद्ध लोक गायक बुल्लू और हीरा के बिरहा का कार्यक्रम तो कभी चौता हुआ करता था। एक वर्ष न जाने कहाँ से उनमें बुद्धि जागी कि नाटक खेलने की जिद्द पर आमादा हो गए। कहना अतिश्योक्ति न होगी कि उस समय मुझे शिक्षक कम, नटकिया मास्टर के नाम से ज्यादा लोग जानते थे। रामनवमी के पहले वे बदनाम बेचारे गुट बना कर मेरे निवास पर आ धमके। इसे मेरा व्यवहार कहिये या नटराज की कृपा वे लोग मेरे प्रति बहुत आदर भाव रखते थे। अपना प्रस्ताव उन लोगों ने बड़ी विनम्रता से रखा। मैंने उन लोगों को बहुत टालने की कोशिश की पर वे अपनी जिद पर अड़े रहे। अंत मे मैंने कहा कि मुझे सोचने-समझने का समय दीजिये। उनके जाने के बाद मैं चिंतन

में डूब गया। अपने एक दो रंगमंचीय साथियों से भी मशविरा किया लेकिन बदनामी की वजह से कोई सकारात्मक जवाब देने के बदले मुझे पुलिस का भय दिखा कर मना कर दिया। असमंजस में पड़ा मैं भी सोचने लगा कि हाँ करता हूँ तो लोग उनका मास्टर माइंड कहेंगे और अगर नहीं करता हूँ तो इनके आक्रोश का शिकार हो सकता हूँ। अंत मे फैसला अपनी अंतरात्मा पर छोड़ दिया।

दो दिनों बाद मेरा निर्णय जानने के लिए फिर आ गए। न जाने किस अदृश्य शक्ति ने मेरा मनोबल बढ़ा दिया। मैंने तुरंत बड़ी बेबाकी से 'हाँ' कर दिया। किन्तु तीन शर्तें रखीं –

1– नाटक का अभ्यास पंचायत भवन में ठीक शाम को सात बजे से। समय पर आना है।

2– रिहर्सल के दौरान किसी के मुंह से कोई दुर्गंध नहीं।

3– नाटक के पात्रों को सभी संवाद एक्शन के साथ कंठस्थ होना चाहिए।

सभी पर वे सहर्ष तैयार हो गए। दूसरे दिन से अभ्यास नियमानुसार शुरू हुआ। उनका अनुशासन देख कर मैं हैरत में पड़ गया क्योंकि समर्पित कलाकारों के लिए भी निर्देशकों का यही रोना देखता रहा हूँ कि वे समय का ध्यान नहीं रखते हैं।

इधर सुरक्षा बलो के अधिकारियों से भी मिल कर अपने प्रयोग को बताते हुए सहयोग की अपील करता रहा। मुझे विश्वास था कि नाटक के मंचन के बाद उन सब का हृदय परिवर्तन होगा। उनके क्रिया कलाप से मेरा भी मनोबल बढ़ने लगा यद्यपि नगर के कलाकारों ने मेरा मज़ाक उड़ाना शुरू कर दिया। नाटक स्वलिखित था 'चंबल का पागल'।

अंत मे रामनवमी के एक दिन पूर्व मंचन किया गया। कौतूहल वश भीड़ इकट्ठा हुई और अधिकारी भी आये। मुझे स्वयम् आश्चर्य हुआ देख कर उनकी छुपी हुई प्रतिभा। सबने उनकी भूरि-भूरि प्रसंशा की।

एक अलौकिक आनंद मिला। उन नवोदित और बदनाम बस्ती में रहने वाले लोगों से बहुत कुछ सीखने को मिला।

अंत मे एक बैठक में उनसे पूछा तो पता चला की उन पर कई कई फर्जी केस पुलिस ने लगा रखा है। कभी सुधरना भी चाहा लेकिन पुलिस सुधरने नहीं देती है। कहीं भी केस होता है लेकिन सीधे घर खुदा का जान कर हमें नामजद करके नेकनामी हासिल करती है। एक कटु अनुभव हुआ कि बुराई को भलाई में बदला भी जा सकता है। बशर्ते हमारा इरादा निष्पक्ष और नेक हो।

प्रणाम साहिबगंज..!

एक अनुभव साझा कर रहा हूँ..। मैंने एक नियम बनाया था कि जनवरी में जो छात्र रेलवे मिडिल स्कूल से पास होकर हाई स्कूल (उस समय का इंटर मीडिएट) में प्रवेश लेने आता था उसे अपने अभिभावक के साथ आना पड़ता था..। यद्यपि कुछ ने इस नियम पर एतराज भी किया..! पर मैंने उन्हें समझाया कि इसके बाद तो बुलाने पर भी अभिभावकों का आना दुर्लभ हो जाता है..! क्रमवार छात्र और उसके अभिभावक को मिडिल स्कूल के रिजल्ट कार्ड के साथ आना होता था..। एक शिक्षक रिजल्ट में विषयवार अंकों को देखता और मैं छात्र से कुछ सरल से दैनिक दिनचर्या के बारे में पूछता..। साथ ही विनम्रता पूर्वक घर परिवार के बारे में जानकारी लेता..। प्रवेश तो सभी का होता था परंतु मेरा मूल उद्देश्य अभिभावक को बताना था कि उसका पाल्य किस स्तर पर है..। आप सब को भी अनुभव होगा कि बहुत से अभिभावक प्रवेश दिलाने के बाद विद्यालय की तरफ झांकते तक नहीं..। जबकि शिक्षा शास्त्र में बताया गया है कि सिर्फ स्कूल बिल्डिंग ही स्कूल नहीं है..। स्कूल की परिभाषा में स्कूल भवन छात्र परिवार वातावरण मिलकर आदर्श स्कूल बनाते हैं।

चलिये एक अभिभावक क्रम में देरी होने के कारण तमतमाते हुए आये और पहले अपने पाल्य का साक्षात्कार करने के लिये दबाव बनाने लगे। दो चार शिक्षकों से भी सिफारिश कराने लगे। उन्होंने कहा कि मुझे ड्यूटी पर जाना है। मैंने उनसे कहा महाशय आप अपने बच्चे के भविष्य के लिए एक दिन का अवकाश नहीं ले सकते..? मैं आपके अधिकारी को फोन किये देता हूँ लेकिन क्रम नहीं तोड़ सकता..। उस अनपढ़ खलासी का नंबर है, मैं उसे क्रॉस कर के आपके केस पर विचार नहीं कर सकता..। वह अभिभावक थोड़ा प्रभावशाली थे और कामर्शियल ब्रांच के वरिष्ठ कर्मचारी थे..। मैं भी उनकी बातों से कुछ तैश में आ गया था..।

दूसरे दिन मैंने सुना कि वह अस्वस्थ हैं..। मैं तुरंत उन्हें देखने उनके सरकारी आवास पर पहुंच गया..। फिर तो वे मुरीद

हो गये और अपनी गलती स्वीकार की..। जब तक वह अस्वस्थ रहे मैं प्रतिदिन समय निकाल कर उनका कुशलक्षेम पूछने पहुंच जाता था..। मेरे जैसे एक मामूली शिक्षक के लिए एक प्रयोग था..। आज भी उनसे मोबाइल पर समाचार का आदान-प्रदान होता रहता है..। मुझसे दो वर्ष बाद वह भी सेवानिवृत हुए..।

एक याद साहिबगंज...!

राष्ट्रपति भी ऐसी हरकत करते तो उन्हें यही जवाब मिलता..!

एक दिन मुझे मेरे कार्यालय लिपिक प्रेम बाबू ने फोन कर बताया कि, उपायुक्त महोदय के यहां से कोई उच्चाधिकारी आये है! मैं उस समय घर में भोजन कर विद्यालय जाने की तैयारी कर रहा था..! मैंने प्रेम बाबू को फोन पर कहा उन्हें बैठाइए मैं आ रहा हूँ..! मेरा नियम था कि चैम्बर में आते ही सर्वप्रथम हनुमान जी के चित्र पर अगरबत्ती जलाने के बाद ही अपनी चेयर पर बैठ कर काम शुरू करता था..! उस दिन चैम्बर में दाखिल होते ही देखा कि वह अधिकारी सिगरेट पर सिगरेट पीते चले जा रहे थे..। मैं अपनी दिनचर्या के अनुसार अगरबत्ती आदि जला कर उन महाशय की तरफ मुखातिब हो कर उनके कुछ हुक्म सुनाने के पहले कहा पहले आप मेरे विद्या मंदिर से बाहर सिगरेट पीकर आइए..। वह तिलमिला उठे..। उन्होंने कहा कि आप नहीं जानते हैं कि मुझे उपायुक्त ने भेजा है..। मैंने बड़े विनम्र भाव से कहा कि मुझे इससे मतलब नहीं की किसने आपको भेजा है..। पहले सिगरेट बुझा कर आइए तो मैं आपकी कोई बात सुनूंगा..। उन्होंने अपनी झेंप मिटाने के लिए मुझसे कहा कि ऐसा कोई बोर्ड नहीं लगा है..। प्रतिउत्तर में मैंने कहा, तब आपने उचित शिक्षा नहीं पाई है..। इस विद्या मंदिर की एक-एक ईंट कह रही हैं कि, यहां धूम्रपान नहीं करना चाहिये..! बस वह उठ कर चल दिये..! उनके जाते ही उपायुक्त महोदय को फोन पर सारी बाते बात दीं..। उपायुक्त ने खूब फटकारा..! इधर शिक्षक लोग डर रहे थे..! मैंने कहा कि अगर राष्ट्रपति भी ऐसी हरकत करते तो उन्हें यही जवाब मिलता..! विद्या मंदिर की गरिमा को मैं किसी कीमत पर जाने नहीं दूंगा, इसे रेल अधिकारी भी जानते हैं..।

अब कहाँ फुरसत, कहाँ का फसाना

भाई सचमुच आज किसी को कहाँ फुरसत है कि गुजरे हुए दिनों को किसी दिलकश फसाने में पिरो कर पेश करे। वह जमाना भूल भी जाइये जनाब जब किसी फसाने में फलसफे ढूंढे जाने में लोग माथा खपाया करते थे। आजकल तो सियासत के समंदर में डुबकी लगाने से ही फुरसत नहीं है। अपने अजीज मीर साहब की उनकी दिलरुबा बीवी को भी फुरसत नहीं कि बेचारे के खाली पन्डब्बे को गिलौरियों से भर दे। उधर रामबोला जबसे रेल विहीन रेलवे प्लेटफार्म पर रेलगाड़ियों का आवागमन नदारद देखता है तबसे अपना टी स्टाल बंद करके पटरा बजा बजा कर गाया करता है, 'ऐ मेरे दिल कहीं और चल, गम की दुनिया से दिल भर गया।' वहअपने साथी दूसरे चाय वालों को देखना पसंद नहीं करता है। इससे बढ़िया तो अपने लाला भइय्या थे जिन्होंने लाट फारम वाले कुलियों को रेल में पक्की नौकरी दे दी।

अपने रमफेरवा की माई जो पहले दिनभर में कम से कम आठ दस घंटे राम राम रटा करती थी उसे भी फुरसत नहीं है कि राम. के साथ निषाद और बेचारी भीलनी को भी याद कर लिया करे। जैसे वह भूल बैठी है कि बिना उनके रामकथा अधूरी है। रही बात रामबोला के सुपुत्तरजी रमफेरवा का तो भइय्या जब से वह श्री रामफेरजी बन गए तब से चाय की जगह विहस्की से गला तर करने लगा है और अपने चमचों की खनकती म्यूजिक से रहमान को मात देने की नाकाम कोशिश करते हुए रोज फसानो पर फिल्म दिखा कर लोगों को भरमाया करता है। लोग भी कैसे कैसे हैं कि उसके फसानो में फंस कर दीवाने बने बस उसी की जय जयकार करते हुए दाढ़ी-मूंछ पर ध्यान देने की फुरसत नहीं समझ रहे हैं। कुछ आजभी क्लीन शेव सन्यासी के गेटअप में रातदिन सा रे गा मा पर रियाज मार रहे हैं। वोटरों को मंत्र देकर मंत्रमुग्ध करने का प्रयास करते हुए उनके कान में कह रहे है, 'अहम ब्रह्मास्मि'। उन्हें अभी तक नहीं फिकिर कि कितने किसान गोलियों के शिकार हो गए? ऐसे

में फुरसत कहाँ कि लोगों को पैर के छालों पर हकीम इकबाल का ईजाद किया हुआ मलहम लगाया जाए या मुहल्ले के तालीमयाफ्ता लड़कों को रेजगारी बांट कर कम से कम गजक खिला कर मुंशीपल्टी की पुरानी टंकी का पानी पिलाया जाय। माननीय रामफेर जी भाषण का राशन बांटते हुए रोना सोते दिखाई पड़ते है कि बजट में ऐसा कोई प्रावधान नहीं है। अगर मौका मिला तो वह दर्देदिल का फसाना ऊपर वालों को जरूर सुनाएगा।

फुरसत और फसाने के मकड़ जाल के मंच पर अचानक अस्सी का पहाड़ा पढ़ते हुए किसी लावारिस की भूमिका में मीर साहब नौटकी के बहरे तबील की तर्ज पर चिल्लाते हैं, 'अरे दुनियावालों कोरौना महामारी के इस जमाने में मीर अपना नाम बदल कर अमीर रख रहा है क्योंकि आप सब जानते हैं कि कोरौना सिर्फ गरीब और बूढ़ों को अपने आगोश में सुलाना पसंद करता है। अमीरों की तरफ वह आंख उठाने की हिम्मत नहीं पसंद करता है। बहुत चालाक है कोरौना। जा जा कर फिर वापस आ जाता है क्योंकि कहता है कि हमको तो प्यारी तुम्हारी गलियां। हमको आदेश मिला है कि जब तक हम आसन पर विराजमान रहें तब तक तुम उनकी गलियों में घूमते रहो जिससे उनकी बोलती बंद रहे। मैंने तो भैया रामबोला यही सीखा है, 'काल करे सो आज कर, आज करे सो अब'... इसीलिए उनके सोचने के पहले मीर से अमीर बन गया क्योंकि उन्हें अमीर बहुत पसंद हैं। अब तो मीर भाई अमीरी के अंदाज में बड़ी खामोशी से सबकुछ देखते हुए अनजान राहों पर निकल पड़ा है क्योंकि वह जानता है कि कभी नाक सुड़कने और गली गली कुल्हड़ छाप चाय बेचने वाला रमफेरवा अब श्री रामफेर जी उसके पाले में दबंग बन कर खड़ा है।

भाई इन सबको फसाना समझिये क्योंकि फसाने अफसाने का मुखौटा लगा कर चंद दिनों तक ही दिलों दिमाग पर छाए रहते हैं। बाद में पेज वही बस कवर बदल दिए जाते हैं। उसके लिए चाहिए फुरसत। फुरसत है कहाँ क्योंकि पूरी अवधि तक बैलेट बक्सा ढोते बीत जाता है। कभी पंचायत तो कभी नगर निगम या कभी असेम्बली

का आशियाना। वही कहावत की सुबह होती है शाम होती है उम्र यूं ही तमाम हो जाती है। ऐसे में श्री रामफेरजी अमीर साहब को बनारसी पान का बीड़ा पेश करते हुए कहता है अमीर चचा जो बनना है बन जाओ जब तक हमारा जलवा है। मुझे तो रोज वाले इलेक्शनी बल्लेबाजी से फुरसत नहीं है कि अपने मुहल्ले वालों का हाल हवाल ले सकूं। अलबत्ता उन्हें तरक्की की लफ्फाजी सुना कर दिल बहला सकता हूं। मानव को आदि मानव बना सकता हूँ। समझे कुछ अमीर चचा?

सावधान, भूकम्प आने वाला है

अपने यारों के यार निहायत होशियार मीर साहब आज कुछ बिगड़े-बिगड़े से सरकार नज़र आ रहे थे। वैसे उन्हें हंसमुख देख कर पलंग पर दर्द से कराहते मरीज को भी अपने तीमारदार के साथ बेसाख्ता हंसी छूट जाया करती थी। पर आज न जाने क्यों मेरे तंग दायरे मे दाखिल होते ही तने-तने से कुछ बुदबुदा रहे थे, कभी मिश्र कभी लिबिया वगैरह के बारे में भला-बुरा कह रहे थे। कह रहे थे कि कमबख्त सब जम्हूरियत की मांग के पीछे मरे जा रहे हैं। अरे कम से कम मुझसे तो जम्हूरियत के मजे के बारे मे मशविरा ले लिया होता जो खुद जम्हूरियत की दरिया में गोते लगा रहा है। मगर डर भी सता रहा है कि कहीं कोई आदमखोर मगरमच्छ मुझे अपना शिकार न बना ले। पुलिस वाले बेचारे लाश खोजा करेंगे। तरस तो आता है अपने अन्नदाताओं के अठठानबे घंटे की भूख-हड़ताल पर जबकि दूसरे लोग घी-चुपड़ी रोटी जम्हूरियत की जामदानी के अंदर गटागट लीलते चले जा रहे थे। कुछ लोग पागुर करते हुए अन्ना के अनशन का मज़ाक उड़ाते हुए कह रह थे कि भाई ऐसा तो जम्हूरियत का सरासर अपमान है। सुना है कि दिल के बहलाने के लिए अब कोई कमेटी फार्म की गई है। वैसे तो अपने यहाँ बात-बात पर कमेटियाँ बनती-बिगड़ती रहती हैं। कमेटी ऐसी जैसे कोई भूकंप आने वाला है। पर नतीजा वही ढांक के तीन पात। पर यही क्या कम है कि हम किसी जम्हूरियत में जिंदा हैं जहाँ अपनी जाएज मांग मांगने पर पुलिस को अपना करतब दिखाने की पूरी छूट होती है।

मीरसाहब के गर्म मिजाज को एक गिलास झझर का ठंडा पानी पिलाकर कुछ ठंडा करने की कोशिश किया। जब उनके गुस्से का पारा कुछ नीचे गिरा तो समझाने की कोशिश की। भाई मीरसाहब कुछ दिन पहले ही तो पढ़ा था कही कि सावधान हो जाइए कभी भी कोरौना के साथ भूकंप भी हमलावर हो गए हैं। बचिये। भाई मीर साहब सुनते ही ठहाका मारते हुए बोले, 'अमा भइय्या रामबोला तो फिकिर नॉट। अब डबल टीके को बनाने पर कसरत की जाएगी।

अगर खुदा न ख्वास्ता कसरत के दौरान भूकंप के झटकों से झटका लग भी गया तो हीरे और जन्नत की हूरों का दीदार तो हासिल होगा। रामबोला सिर झटकते हुए बोला समझाना मेरा काम और समझना आप का काम। फिर न कहियेगा कि रामबोला मेरे अजीज तुमने पहले क्यों नहीं आगाह किया था। मैं तो चला पैदल बाल-बच्चों को लेकर कोरौना और भूकंप से बचने श्री रामलीला मैदान की तरफ।

रंगमंच से जुड़ा एक अनुभव

आज मैं 17 जनवरी 2021, दैनिक हिंदुस्तान में प्रकाशित 'भय से उपजा अभिनय गुरु' पढ़ रहा था। प्रस्तुत लेख सुप्रसिद्ध रंगकर्मी कांस्टेंटिन स्टैंनिस्लावस्की से संबंधित था। जब वह 4-5 वर्ष आयु के थे तो उन्हें एक नाटक के लिए चुना गया। उन्हें न कुछ बोलना था न कोई एक्शन देना था। सिर्फ हाथ में एक छोटी सी छड़ी ले कर बैठना था। खूब समझा दिया गया था कि कोई हरकत नहीं करेंगे। मंच पर रुई बिछा दी गई थी और पास के नकली पेड़ों की डालियों पर रुई के बड़े बड़े फाहे चिपका दिए गए थे जिससे बर्फबारी का आभास हो। बच्चे से कह दिया गया था कि बिना किसी निर्देश के कोई हरकत नहीं करे गा। पास में स्टेज पर दो चार मोम बत्तियां जला दी गई थीं। नाटक चल रहा था कि उस बच्चे को न जाने क्या सूझा कि उसने हाथ में पकड़ी लकड़ी से एक मोम बत्ती की जलती लौ को चहल दिया। मोम बत्ती गिर गयी और देखते देखते पूरा मंच आग की चपेट में आकर खाक हो गया। बच्चा भाग खड़ा हुआ। बाद में उसे पश्चाताप हुआ कि यह उसने क्या कर दिया? अब तो उसे कोई अपने थियेटर में लेगा ही नहीं। उस बच्चे के मन में 32 वर्ष की उम्र तक वही डर बना हुआ था और वह उस भूल का विश्लेषण करता रहा। उसके बाद भी जब किसी नाटक में रोल मिलता तो उसके सामने बचपन की वही भूल ज्यादा जाती जिसने उसे परिपक्व बना दिया। वह हमेशा अपने साथ एक डायरी रखता जिसमें अभिनय में अपनी भूलों को नोट करता जो आज तक बड़े बड़े रंगकर्मियों को सीख देती है।

मेरे यह लिखने का मकसद सिर्फ इतना है कि यदि हम अपनी पिछली भूलों पर चिंतन मनन करें तो वही भूल एक दिन हमें महान बन देती है। मेरे जीवन मे भी ऐसी घटना घटी है।

उनदिनों 1964 में रेल विभाग कोलकाता के लिलुआ वर्कशॉप में नियुक्ति हुई थी। रहता थ रेस्टहाउस में। बगल के कमरे में एक हिंदी नाटक 'मिट्टी की गाड़ी' का रिहर्सल चला करता था। किसी

को नहीं पता था कि मुझे भी थियेटर से लगाव है। मैं रोज रिहर्सल वाले कमरे के एक कोने में बैठ जाया करता था। उसमें कई लोग मेरे परिचित भी थे। उनदिनों लंबे ऐतिहासिक या धार्मिक नाटकों का चलन था। रेलवे के योरोपियन क्लब नाटक शुरू किया गया था। कोलकाता के नामी गिरामी रंगकर्मी नाटक के पात्र थे। मेरी रुचि को देखते हुए नाटक के निर्देशक ने मुझे एक सीटी दे दी क्योंकि उस समय सीटी के साथ प्रत्येक सीन के साथ पर्दा गिराया और उठाया जाता था। थियेटर का अच्छा खासा एन एस डी में प्रशिक्षण प्राप्त होने के बावजूद भूल कर बैठा। स्व. पृथ्वी राज कपूर के नाटकों में भी यह सिस्टम नहीं था। मैं वहां बिल्कुल अनभिज्ञ बना हुआ था। हां तो नाटक बिल्कुल क्लाइमेक्स पर था कि मुझे पता नहीं क्या सूझा कि मैंने पर्दा गिराने के लिए सीटी बजा दी। कुछ ही पल में मुझे अपनी बहुत बड़ी गलती का एहसास हुआ तो भाग कर दूर एक बाथरूम में अपने को छुपा लिया। उधर दर्शक और कलाकार हंगामा मचा रहे थे। आज भी वह भूल याद करके बहुत पछताता हूँ। लेकिन एक सीख मिली। तब से बहुत स्टारखो गया। अब तो वैसे लंबे नाटक होते ही नहीं। अब अधिकांशतः नाटक। एक या दो सीन के खेले जाते हैं और लाइट पर सब काम होता है। लेकिन उस भूल ने मुझे सफलता की नई राह दिखा दी।

मुर्दे भी जिन्हें दुआ देते हैं

जिंदे तो जिंदो को प्यार करते हैं पर मुर्दों से गले मिलने में डरते हैं। स्वाभाविक है। मगर मेरे शहर (फैजाबाद) में एक व्यक्ति ऐसा भी है जिसे मुर्दों से प्यार है। चाहे किसी धर्म जाति का हो। वह कोई अघोरी भी नहीं है। साधारण सा व्यक्ति, लोग उसे शरीफ चचा कहते हैं। जिसका बसेरा शहर के बीच एक कब्रिस्तान में है। तन्हां। उनके चारों तरफ सिर्फ गहरी नींद में सोते मुर्दे। उन्हीं की शिरकत में दो रोटी सेंक लेना और डकार लेते हुए टूटी खाट पर सितारों की लोरी सुनते हुए सो जाना मगर आधी रात को मोबाइल बजने के साथ किसी सैनिक की तरह क्विक मार्च करते हुए टारगेट पर पहुंच जाना। खुशी खुशी। कोई सुस्ती नहीं और न कोई आलस्य।

पढ़ने वाले सोचते होंगे कि मैं किसी अफसाने के किरदार की कल्पना में खोया हुआ कलम से कसरत करा रहा हूँ पर खुदारा ऐसा मत सोचिए। हकीकत से रूबरू हो कर उस शरीफ नाम के जिंदादिल इंसान से मिल सकते हैं। गत वर्ष ही उन्हें गणतंत्र दिवस पर राष्ट्रपति पदक से नवाजा गया है।

बताते चलें कि शरीफ चचा का कभी भरा पूरा परिवार था करीब आज से बीस साल पहले। मगर वही बात कि विपत्ति कुछ कह के नहीं आती है। किसी वाहन दुर्घटना में सभी मारे गए। घायल शरीफ साहब को बचना था बच गए। लोग कहते हैं कि रात भर लाशें लावारिस सी पड़ी रहीं। बस तभी से शरीफ साहब के दिल में एक वसूल जागा। उन्होंने उसी दिन से अहद कर लिया कि किसी भी लावारिस लाश की वह अपने सीमित साधनों से खुद विदाई करेंगे। तब से मुहम्मद शरीफ भाई ने अपना आशियाना शहर के एक कब्रिस्तान को बना लिया। शुरू में तो उन्हें काफी दिक्कतें पेश आईं। पुलिस वालों ने भी काफी परेशान किया। अस्पताल वालों ने भी उन्हें मायूस किया और उनके संगी साथियों ने भी मज़ाक उड़ाया पर जनाब अपनी राह पर डटे रह कर मकसद में कामयाब हुए। सबसे खास बात उनकी यह रही लावारिस लाश चाहे किसी

धर्म मजहब या जाति वाले की हो, उसका अंतिम संस्कार उसी तरह करते हैं। इत्तिफाक की बात है, मैं अपने एक जानने वाले की मय्यत में उसी कब्रिस्तान में गया था। वहीं मेरी मुलाकात शरीफ साहब से हुई। जब सब चले गए तो वह मुझे उस कोठरी में ले गए और दिखाया कफन दफन के सामान जो अलग अलग बक्से में रखे थे। अर्थी के लिए बांस के साथ कफन अलग रखे थे, कैफीन और चादरें अलग रखीं थीं। हिन्दू लाश का अंतिम संस्कार उनके अनुसार और मुस्लिम या ईसाई का उनके अनुसार। उन्होंने बताया कि काम करते या सोते हुए भी जब मुझे किसी ऐसी लाश का पता चलता है तो मैं सब कुछ छोड़ कर पहुंच जाता हूँ। खुद उसी कब्रिस्तान के पास साइकिल मरम्मत का काम करते हैं। शरीफ भाई की शराफत बोलती है और उस अतीत को याद करती है जब हादसे में अपने घर वालों को खो दिया था। अयोध्या में जब मंदिर मस्जिद का मामला चल रहा था तो भी शरीफ भाई के भीतर का इंसान वही करने में जुटा था जो करना चाहिये।

अब तो पुलिस अस्पताल और सच्ची इंसानियत के पैरोकार उनके साथ जुड़ रहे हैं। कई बार तो नमाज पढ़ते हुए जब किसी लावारिस लाश का पता चला तो नमाज छोड़ कर उधर निकल पड़े। कहते हैं कि लावरिसों का वारिस बन कर उनका अंतिम संस्कार उन्हीं के अनुसार करने से बढ़ कर कोई इबादत या पूजा नहीं है। उसके बदले में उन्हें कुछ नहीं चाहिए और न तो उनका कोई एन जी ओ है। कहते हैं ना जहाँ चाह है वहां राह मिल जाती है।

मैंने बड़ी उत्सुकता से पूछा भाई आपको कब्रिस्तान में तन्हां डर नहीं लगता है। वह हंसते हुए कहते है कि डर लगता है सड़क पर चलने वाले जिंदा इंसानों से जिन्हें अपनी जिंदादिली पर नाज होता है। बेफिक्री के आलम में गहरी नींद में सोते हुओं से काहे का डर? मुझे भी जब नींद लगती है इन्हीं के बीच सो जाता हूँ। जब कोई दूसरी लाश आती है तो इनको कभी झगड़ते भी नहीं पाता हूँ। श्मशान में जलते हुए मुर्दे ने न तो कभी गुहार लगाई कि एक गैर धर्मी मेरा अंतिम संस्कार क्यों कर रहा है?

बहुत गहराई से शरीफ भाई के जज़्बे को देखता हूँ फिर उन्हें खुदा हाफिज कहते हुए उनके जज़्बे को सलाम करता हूँ।

भारत में फिरंगी महल

इन दिनों अपने को निखालिस भारतवंशी की तख्ती लटकाए लोगों ने कहा है कि भारत को भारत रहने दो। इसे इण्डिया मत कहो। माना कि सबका दिमाग अपने-अपने ढंग से सोचता है इसलिए उनकी बात पर अपुन को कोई आब्जेक्शन नहीं है। मगर यही बात अगर गांधी, विनोबा, लोहिया, और हेगड़ेवार के दौर में कही जाती तो यह दिल तहेदिल से स्वीकार कर लेता। अब तो यह सब कुछ उलट-पलट गया है। जबसे यूरिया वगैरह खादों से फसलें उगाई जा रही हैं तब से जायका ही बदल गया है। अब इसी तरह भारत कहने में वह मजा नहीं रहा जो इण्डिया कहने में।

प्रश्न उठता है कि जुबान आपकी है कुछ भी बकते रहिए। सोचने वाली किधर से भारतीयता नज़र आ रही है? गुड़-पानी की जगह बोतल में भरे नीले-पीले पेय पदार्थों ने ले लिया है। खेत-खलिहानों की जगह मेट्रो सिटी कि नुमाइश चल रही है। जहाँ मुल्क के रहनुमा यानि माननीयों खादी की बादी में चहलकदमी करने के बजाए पैंट-सूट में पार्कों और फाइव स्टार होटलों के कमरा नंबर-840 में ताश के पत्ते फेंटते दिखाई देते हैं, उसे भारत कहने में मुझे तो शर्म आती है भाई। मैं ही नहीं, संसद और विधान मण्डलों की वे परम पवित्र दीवारें अपनी मूक भाषा में बोलती हैं जो कभी खादी के खाद्यान्न खाकर अपनी तंदुरुस्ती पर इतराया करती थी। अब वे भी बेचारी क्या करें? आज के दस्तूर के सामने उन्हें दण्डवत् होने पर मजबूर होना पड़ रहा है। हमने भी वह मशहूर गाना सुना है 'मेरा जूता है जापानी, पैंट इंग्लिशतानी, सर पर लाल टोपी रूसी, फिर भी दिल है हिंदुस्तानी'। फिर ऐसे ही लोग कन्फ्यूज कर देते हैं कि बोली-बानी और वेषभूषा का बड़ा असर पड़ता है।

अब किसी को अच्छा लगे या खराब। अपने मीर साहब बड़ी बेबाकी से कहते हैं भई, 'मैं तो भारत का रहने वाला हूँ, भारत की बात सुनाता हूँ। लेकिन मैंने भी मीर साहब की तान को उतान करते हुए सुना दिया, 'अमां किबला मीर साहब यह गाना अगर अपना

लख्ते जिगर रमफेरवा और उसकी फसल काटती माई या ईंट-गारा ढोकर अपना पेट पालने वाले जुम्मन चचा गाते तो अच्छा लगता। उन्हें इस देश को भारत कहने का पूरा हक है पर उन्हें कतई नहीं जो फिरंगियों के चले जाने के बावजूद उनके फिरंगी महल में उन्हीं के बेड पर आराम फरमा रहे हैं।

हालांकि इस बात को अपने मीर साहब ने तहेदिल से तस्दीक कर लिया। बात आई गयी हो गयी। मीर साहब को मेरी बातों से कोई ठेस न पहुंची हो इसलिए बात साफ करते हुए मैंने ही अर्ज किया कि मीर साहब मैं किसी खास शहर में आबादी किसी अगर अपना लख्ते जिगर रमफेरवा और उसकी फसल काटती माई या ईंट-गारा ढोकर अपना पेट पालने वाले जुम्मन चचा गाते तो अच्छा लगता। उन्हें इस देश को भारत कहने का पूरा हक है पर उन्हें कतई नहीं जो फिरंगियों के चले जाने के बावजूद उनके फिरंगी महल में उन्हीं के बेड पर आराम फरमा रहे हैं।

हालांकि इस बात को अपने मीर साहब ने तहेदिल से तस्दीक कर लिया। बात आई गयी हो गयी। मीर साहब को मेरी बातों से कोई ठेस न पहुंची हो इसलिए बात साफ करते हुए मैंने ही अर्ज किया कि मीर साहब मैं किसी खास शहर में आबादी किसी फिरंगी महल मुहल्ले की बात नहीं कर रहा हूँ बल्कि आप भी देखते होंगे कि तरक्की के नाम पर पूरे का पूरा मुल्क फिरंगी महल बन गया है। सोचिए जरा कि लंदन के गोलमेज कॉन्फ्रेंस में गांधी जी भी सूट-बूट में जा सकते थे। स्वामी विवेकानंद से लेकर डॉ. लोहिया तक विदेशों में अंग्रेजी ठाट-बाट से जा सकते थे पर उन्हें पूरा ख्याल जेहनी तौर से था कि 'हम उस देश के वासी है जिस देश में गंगा बहती है। भारत का रहने वाला हूँ भारत का गीत सुनता हूँ'।

ताज्जुब तो यह है कि स्वदेशी के सोन चिरैया को पालन करने वाले भी अपनी संस्कृति की हंसी उड़ाते हुए सिर्फ साल में एक दिन 14 सितम्बर को हिन्दी कि बिंदी चमकाने के लिए ऊपर वालों के आदेश का पालन करके खानापूरी करने का जुगाड़ लगाते

हैं। नाम राजभाषा और राष्ट्रभाषा देकर नौलक्खा हार पहना कर अपने हिन्दी प्रेम का प्रदर्शन करते नहीं अघाते हैं। भाई मीर साहब 'खुशबू आ नहीं सकती है कागज के फूलों से'। कागज का जमाना है अप्रिश्येट करना चाहिए कि एक विदेशी होकर भारतीय संस्कृति और भाषा में अपने वजूद को मिटा दिया मगर एक हम हैं कि सिर्फ कागज की नाव चलाने में एहसान लाद रहें हैं।

बात तो बहस की है मगर बहस उनसे करना चाहिए जो किसी निर्णय को माने। अब यही नमूना देखने लायक है कि मुम्बई जहाँ बाल ठाकरे और राज ठाकरे की तरह लोग अपने ही देश की आन के लिए पाकिस्तानी क्रिकेट टीम की खिलाफत और हिन्दी भाषी लोगों के खिलाफ बगावत के लिए आग उगल रहे हैं पर उधर उन्होंने कभी झांक कर नहीं देखा जिसे मुम्बई के गले का हार यानि बॉलीवुड कहा जाता है। अपुन ने उसे फिरंगी महल का नाम दिया है जहाँ सिर्फ फिरंगियों कि भाषा का बोलबाला है। हॉलीवुड के नाम बॉलीवुड कहा जाता है। एक वह भी जमाना क.एल.सहगल, देविका रानी और दिलीप कुमार का था जब हिन्दी में बातें होती थीं। कहा भी गया था कि यह भारतीय फिल्म उद्योग है। हिन्दी के प्रचार-प्रसार के लिए जाना जाता था किन्तु बॉलीवुड के बाद अंग्रेज तो चले गए लेकिन फिरंगी महल छोड़ गए। उसी फिरंगी महल में तरह-तरह के खेल दिखाने वाले किसी मंच पर फिरंगियों की भाषा बोलने में अपनी शान समझते हैं। कुछ को छोड़ कर बाकी अभिनेताओं-अभिनेत्रियों को क्या कहें? इस ओर क्यों नहीं मराठी आलम्बरदारों का ध्यान जाता। यह नहीं सुना है कि कुछ अंग्रेज लोगों के डायलॉग रोमन भाषा में लिखे जाते हैं और फिल्मों के नाम भी अब अंग्रेजी में रखे जा रहे हैं। बनाई जाती हैं फिल्में हिन्दी में मगर लोकेशन होता है ब्रिटेन, अमेरिका, फ्रांस और मॉरीशस का।

वैसे मुझे किसी भाषा से कोई बैर नहीं है पर अपनापन कहाँ गया? अपनी संस्कृति और भाषा कहाँ है? क्या वे किसी फिरंगी महल को आज भी अपना आशियाना बनाए हुए हैं। जब वे भी इस अजीमुश्शान मुल्क के एक हिस्से हैं तो क्यों भूल रहे अपनी भाषा

और संस्कार। इस मामले में आशुतोष राणा, नाना पाटेकर जैसे कुछ लोग साधुवाद के पात्र हैं जो हिन्दी को वास्तव में अपनी ज़िंदगी का एक अहम् हिस्सा बना कर रखे हुए हैं।

आश्चर्य तो यह है कि अपनी सरकार भी सब कुछ जान समझ कर चुप बैठकर उन्हें पुरस्कृत कर रही है।

शहर का एक आवारा रंगकर्मी

जो लोग मंच को एक मंदिर मानते हैं और रंग-कर्म को पूजा, शायद 'आवारा' शब्द पढ़ कर भिन्ना उठें और इसे किसी मान-हानि से जोड़ बैठें। मैं उनसे क्षमा चाहता हूँ। अपने बचपन के दिनों में रंगकर्म को 'आवारापन' ही सुना करता था इसलिए आज भी वही याद करके किसी रंगकर्मी को 'आवारा' कहना मेरे जेहन मे रच-बस गया है। फिर जब कोई मसीहा आवारा हो सकता है तो रंगकर्मी क्यों नहीं ? अपने शहर के जिस रंगकर्मी की चर्चा करने बैठा हूँ तो आप भी उसकी कहानी सुनकर सनकी या आवारा ही कहेंगे। अपने शहर के उस रंगकर्मी पर स्व. राजकपूर के 'आवारा' फिल्म का वह गीत बिलकुल सटीक बैठता है, 'बादल की तरह आवारा हूँ मैं, सोता भी रहा, हँसता भी रहा...'

इस शहरेअदब की गंगा-जमुनी तहजीब की झील में तैरती सड़कों पर आज भी उस पचासी-वर्षीय फनकार को बचकानी ढकरपेंच साइकिल पर जन-जन का जायजा लेते देखा जा सकता है। जैसे उम्र के इस ढलते पड़ाव पर वह दो घड़ी रुक कर ज़िंदगी जीने की कला का अभ्यास कर रहा है या किसी नुक्कड़-नाटक में किसी किरदार को जी रहा होता है। आज भी जब वह शहर के शानदार लेकिन अब वीरान बने 'नरेंद्रालय' से होकर गुजरता है तो अपनी 'देवीग्राम की मैना' को याद करके रो देता है, क्योंकि इसी जगह उसने बड़े प्यार से उसे पाला था। आज जैसे टूटे पंख लिए वही 'मैना' सोते हुए कह रही है, 'वह शाख ही न रही जिस पर आशियाना था'।

इसी 'सरयू-तीरे' उस आवारा-रंगकर्मी से 'साकेत-नाट्चम' की छांव में मुझे ध्वनि एवं प्रकाश के माहिर कलाकार मरहूम मोहम्मद इस्माइल के माध्यम से पहला-पहला प्यार मिला। कहते हैं मुहब्बत में कोई राज राज नहीं रहता है। उसने राज का पर्दाफाश करते हुए एक अनोखी मुस्कान के साथ बताया, 'मुझे ही लोग शिवशंकर गुप्ता कहते

हैं जिसे आपने 'आवारा-रंगकर्मी' के खूबसूरत खिताब से नवाजा है। सचमुच मुझ पर वह गीत बिलकुल फिट बैठता है, आवारा हूँ, या गर्दिश में हूँ आसमान का तारा हूँ...' मैंने काफी नजदीक से उनके एक अदद धड़कते दिल की आवाज सुनने की कोशिश की जो बार बार अपनी बीते दिनों की कहानी कुछ इस तरह सुना रहा था, 'कभी डगमगाई कश्ती कभी खो गया किनारा'। उसके रिस्ते हुए 'फफोलों' से बेपरवाह होकर कुछ और करीब होते हुए मैंने बात आगे बढ़ाने का फैसला किया :–

प्रश्न– शिवशंकर जी कुछ अपने प्रारम्भिक जीवन के बारे में बताएं।

उत्तर– मेरा जन्म 11 नवम्बर 1931 को 1206, स्थानीय दिल्ली दरवाजा फैजाबाद में हुआ था। माता का नाम त्रिवेणी देवी और पिता का नाम रघुनाथ प्रसाद गुप्त था। लोगों का बचपन अक्सर खेल में बीता करता है लेकिन मेरा बचपन दुश्वारियों के अँगने में बीता। न माँ का प्यार पाया और न बाप का दुलार। कारण कि बचपन में ही दोनों चल बसे। मेरी एक मात्र छोटी बहन थी जिसके पालन-पोषण से शादी-ब्याह तक की पारंपरिक फिल्म की शूटिंग की जिम्मेदारी मेरे कमजोर कंधों पर आ पड़ी। लड़खड़ाया लेकिन हिम्मत का दिया बुझने नहीं दिया।

प्रश्न– सुना है कि जीविकोपार्जन के लिए छोटे से छोटा काम करने से आपने कोई परहेज नहीं किया?

उत्तर– बिलकुल सही सुना है आपने। धनाभाव के कारण किसी तरह सातवीं तक ही पढ़ सका। पापी पेट के सवाल का जवाब पाने के लिए मैंने आटा-चक्की पर काम किया, कचालू बेचा, ओला-बरफ का ठेला लगा कर शहर की गलियों मे हांक लगाई और सिर पर लकड़ी का गट्ठर लादे घूमता रहा। कुछ लोग देख कर हँसते थे तो कुछ को मुझ पर तरस भी आता था।

प्रश्न– गुप्तजी उस दशा मे आपके नाते-रिश्तेदारों और जाति-बिरादरी के लोगों ने कोई हमदर्दी नहीं दिखाई ?

उत्तर– मेरे भाई, उस कठिन परिस्थिति में बस वही बात

याद आती थी कि 'अपने हुए पराए, दुश्मन हुआ जमाना'। फिर किसी की कही हुई बात मुझे हमेशा याद रहती थी कि हर गरीब की झोली में हमेशा खुद्दारी की अशर्फियाँ भरी होती हैं। मैं सचमुच 'गर्दिश में अपने को आसमान का तारा समझा करता हूँ'। इसी उम्मीद के साथ संघर्ष करता रहा कि कभी तो ज़िंदगी के आकाश मे कोई 'सुबह का तारा चमकेगा'? हाँ यह तो बताना मैं भूल ही गया कि जब मैंने पढ़ाई छोड़ी तो ग्यारह रुपये महीने पर एक किरासन-तेल की दुकान पर नौकरी कर ली। दुकानदार से नहीं पटी तो वकालतखाने में असिस्टेंट लाइब्रेरइन की नौकरी में लग गया। लेकिन बावरे मन को शांति नहीं मिली तो छोड़ कर कानपुर चला गया। वहाँ चार आने रोज पर पेंटिंग का काम करने लगा। सोच लिया था कि कुछ बन कर ही फैजाबाद लौटूँगा। आज भी मुझे वे दिन याद आते हैं जब मेरे उस्ताद अबुल हसन ने एक बोर्ड को कास्टिक से धो देने के लिए कहा था जबकि मैं पाँच दिनों से भूखा था। मैं रोने लगा क्योंकि भूख से मेरा बुरा हाल था। उन्होंने मुझ पर तरस खाते हुए चार आने दिये। मरता क्या न करता, दो आने का लाई-चना खा कर खूब पानी पिया और दो आने रात के लिए रख लिए। इस तरह मैं साढ़े तीन महीने तक रोज साढ़े चार आने में गुजर करता रहा। उसी समय नानी की मृत्यु के कारण फैजाबाद लौटना पड़ा। परिवार के लिए कुछ करना जरूरी था क्योंकि हम पति-पत्नी के अलावा पाँच पुत्र और दो पुत्रियाँ भी थीं। हालांकि बाद में तीन पुत्र और एक पुत्री ही बची। जीविकोपार्जन के लिए दिल्ली-दरवाजे में 'निर्मल-पब्लिसिटी' के नाम से काम शुरू किया लेकिन किस्मत ने बहुत दिन साथ नहीं दिया। मुझे महसूस हुआ 'किस्मत फूटी दुनिया रूठी, पाँव मे पड़ गए छाले'।

प्रश्न- वास्तव में गुप्तजी आप का जीवन काफी संघर्षमय रहा और साधुवाद आप को कि आपने निराशा को कभी नजदीक नहीं फटकने दिया। सचमुच आपके संघर्षरत जीवन से आज की निराश युवा-पीढ़ी को सबक लेना चाहिए। अब यहाँ एक प्रश्न बार-बार मुझे कचोट रहा है कि आप में अचानक रंगकर्म के प्रति कैसे अभिरुचि

जागृत हुई? यह भी सुना है कि रंगकर्म ही नहीं बल्कि बॉलीवुड तक आपने अपनी पैठ बनाली ?

उत्तर- (हँसते हुए) ज़िंदगी के रंगमंच पर सभी तो रंगकर्मी हैं सिंह साहब। अपने अपने ढंग से लोग रंगकर्म में तल्लीन हैं। मेरे भीतर भी कोई कला का उपासक इस रंग भरी दुनिया में बाहर आने के लिए मचल रहा था तभी तो बचपन से ही लाख संघर्षों के बावजूद मुझे कवियों, गीतकारों, लेखकों और रंगकर्मियों की महफिल बड़ी प्यारी लगती थी। उनकी संगत मे बैठ कर मैं अपनी फाकाकशी और तमाम जद्दोजहद भूल कर आनंद की अनुभूति करता था। सन 1968 में अपने मित्रों के सहयोग से एक लघु-फिल्म बनाने की योजना बनाई। इस योजना में संगीतकार सरदार हरबंस सिंह, गीतकार नकी काजमी और बतौर नायक औलाद अब्बास शामिल हुये। मैं प्रस्तुतकर्ता था।

प्रश्न- गुप्तजी अभाव से जूझते हुए आपने इतना जोखिम भरा कदम कैसे उठा लिया? लोग तो बताते हैं कि बॉलीवुड मे बिना किसी 'गॉड-फादर' के मुकाम बनाना मुश्किल होता है। अपनी उस लघु-फिल्म के बारे में कुछ बताएँगे?

उत्तर- (कुछ सोचकर) जब इरादा पक्का हो तो मंजिल अपने-आप करीब आ जाती है। ऊपर जिन नामों को मैंने गिनाया है उस पर वही बात याद आती है, 'मैं अकेले ही चला था जानिबे-मंजिल लोग मिलते गए कारवां बंता गया'। हम लोग बंबई (आज की मुंबई) गए तो वहाँ सुप्रसिद्ध संगीतकार एस एन त्रिपाठी और गीतकार बी डी मिश्र जी से संपर्क हो गया। इन नामचीन लोगों से संपर्क होने का श्रेय गीतकार बी डी मिश्र के छोटे भाई आर एस मिश्र जो फैजाबाद जिला उद्योग-विभाग में लिपिक-पद पर सेवारत थे, को जाता है। वहाँ त्रिपाठीजी एवं मिश्रजी के सहयोग से 'नीता फिल्म्स' के बैनर तले 8 अगस्त 1968 को लघु-फिल्म 'छोटा-परिवार' का मुहूर्त किया गया जिसमें स्व.स्वर-सम्राट मोहम्मद रफी की जादुई आवाज में 'छोड़ो बात पुरानी देखो आया समय नवीन बच्चे हों बस एक दो तीन' रिकार्डिंग हुई जिसने बाद में आकाशवाणी और

रेडियो-सिलोन पर खूब धूम मचाया। रिकार्डिंग के समय ही रफी साहब ने भविष्यवाणी कर दी थी की यह गीत खूब मशहूर होगा। हुआ भी वही। इस फिल्म के पटकथा लेखक थे 'रामू प्रियदर्शी', गीतकार नकी काजमी और संगीत निर्देशन श्री हरि का था। तब तक मैं प्रस्तुतकर्ता के ही रोल में था।

प्रश्न- यदि इसे अन्यथा न लें तो आप ने अपने को सिर्फ प्रस्तुतकर्ता तक ही सीमित रखा या अभिनय आदि में भी पाँव पसारे?

उत्तर- 1973 में इलाहाबाद में 'गंगा की धार' और 1978 में 'गंगा बहे गाँव-गाँव' की शूटिंग फैजाबाद, अयोध्या और मनकापुर में की जिसमें मैंने चरित्र-अभिनेता का रोल किया। इस फिल्म में मिथुन चक्रवर्ती, अमरीश पुरी, जलाल आगा, जरीना वहाब और रमेश देव आदि प्रसिद्ध कलाकार थे। पंडित किरण मिश्र निर्माता-निर्देशक एवं गीतकार के सानिध्य में रह कर फिल्म-निर्माण की बारीकियों को समझा और विभिन्न फिल्मों में विभिन्न भूमिकाएँ भी निभाईं। अपने क्षेत्र की पृष्ठभूमि पर बनी सुप्रसिद्ध फिल्म 'सरगुतीरे' मे अहम रोल किया।

प्रश्न- ये तो रही आपके फिल्मी-कैरियर की बात। आप रंगमंच से कैसे जुड़े शिवशंकर जी ?

उत्तर- मैंने बताया न कि मेरे भीतर का कलाकार कला के अलग-अलग विधाओं में पैठ बना कर 'आँसू भरी ये जीवन की राहें' भुला देना चाहता था। रंगमंच से जुड़ने का श्रेय मैं अपने साथी दयानन्द सिंह 'मृदुल', योगेश त्रिपाठी बेताब, रामानन्द सागर, राजकुमार राज, वाहिद अली 'वाहिद' और सौमित्र मिश्र को देना चाहता हूँ। इन सब की प्रेरणा से ही मुझे गीत गजल और रंगमंच से लगाव हुआ। अपने इन मित्रों की हिम्मत अफजाई की वजह से ही मैंने 'मिस्टर अभिमन्यु'(1982), 'फफोले'(1978) और 'देवीग्राम की मैना'(2003) में कामयाबी के साथ दी गई भूमिका के साथ न्याय करने की कोशिश की। 'फफोले' का निर्देशन दयानन्द सिंह मृदुल, 'मिस्टर अभिमन्यु' का रामतीर्थ विकल और 'देवीग्राम की मैना' का निर्देशन बोरेन घोष ने किया था। 1978 मे दिनेश मिश्र के सहयोग से

'साकेत-नाट्चम' की स्थापना किया और 2008 में साहित्यिक संस्था 'सरस्वती काव्य-कला संगम' शहर को उपहार स्वरूप दिया।

प्रश्न- गुप्तजी आप की इस उल्टी धारा को देखकर मैं आश्चर्य में पड़ गया हूँ। मतलब कि लोग रंगमंच से फिल्म-जगत कि ओर बढ़ते हैं। कहा भी जाता है कि जिसने हजारों दर्शकों के सामने सफलतापूर्वक 'अभिनय' कर लिया उसके लिए 'कैमरे' को फेस करते हुए फिल्मों में काम करना बहुत आसान होता है। उदाहरण के लिए पृथ्वीराज कपूर, बलराज साहनी, नाना पाटेकर, शबाना आजमी और शशि कपूर, अनुपम खेर आदि। गुप्तजी यह तो आज के मौसम जैसा हुआ। आप को याद होगा कि पहले मकरसंक्रांति के बाद से दिन गर्म होना शुरू हो जाता था किन्तु इस वर्ष 'संक्रांति' के पहले गर्म मौसम और बाद मे सर्द होने लगा। खैर, आप आज की पीढ़ी के कला एवं साहित्यकारों को क्या संदेश देना चाहेंगे?

उत्तर- मैं तो उनसे विनम्र निवेदन करना चाहूँगा कि जीवन का दूसरा नाम ही संघर्ष है। जो डर गया, समझो मर गया। इम्तहान में फेल पास होना तो लगा ही रहता है। अंत में कहना चाहूँगा कि परस्पर प्रेम बनाए रखिए चाहे आप किसी विधा के हों तभी कला और साहित्य का सर्वतोमुखी विकास संभव हो सकेगा।

श्रद्धांजलि
गूँजती आवाज एक 'महात्मा' की

अपने तंग दायरे में बैठा उस एक संघर्षशील व्यक्तित्व का प्रतिबिंब अपनी फटीचर ज़िंदगी के आइने में देख कर आश्चर्य कर रहा हूँ कि इस आपाधापी युग में एक अत्यंत सरल व्यक्ति में दो आँखें बारह हाथ की तरह अनगिनत प्रतिभावों का समावेश कैसे? उस आइने में कभी उसकी शोषित लोगों के प्रति हमदर्दी, एक निष्पक्ष निर्भीक पत्रकारिता के प्रति पूर्ण समर्पण भाव, कभी अपनी टुटही कुर्सी मेज पर बैठ कर कलम को निरंतर चलाते रहने की ललक और देश की स्वाधीनता के लिए जेल के सींखचों के पीछे अपनी मंद-मंद मुस्कराहट के साथ अपने साथियों को संदेश दिया करते थे 'जब तोप मुकाबिल हो तो अखबार निकालो'। निडर होकर जन-जन को ऐसा मोर्चा खोलने का आह्वान करते रहे जिससे अस्सी प्रतिशत जनता की आवाज मुट्ठी भर शोषकों को सही राह पर लाने में कामयाब हो सकें। त्याग और तपस्या की प्रतिमूर्ति देख कर कोई भी उन्हें महात्मा पहले हरगोविंद जी बाद में कहता था। उस महात्मा के दर्शन मात्र से मेरे किशोर मन में बैठा पत्रकार अपने-आप जाग उठा। बिना किसी लोभ-लालच के मेरा पत्रकार-मन उनमें रम गया। एक आस्था जगी उस महान व्यक्तित्व के बारे में और उनके कुशल निर्देशन में 'मस्तकलम' के नाम से एक कालम लिखना शुरू कर दिया जिसे जनमोर्चा के पाठकों ने खूब सराहा। बाद में भारतीय रेल सेवा में जाने के बाद भी उसी महात्मा की प्रेरणा से अपनी अंतरात्मा की आवाज पर पुनः उस महान विभूति को श्रद्धांजलि अर्पित करने हेतु जनमोर्चा में 'दायरा' और 'अपना शहर अपनी नज़र' लिखता रहा। उनकी प्रेरणा से ही मुझे लिखने की नई शैली मिली जिससे लाठी भी न टूटे और साँप भी मर जाय।

उनकी आवाज आज भी मेरे कानों में गूँजा करती है कि एक शिक्षक सिर्फ कुछ छात्रों को एक सीमित क्लासरूम में पढ़ाता है पर एक समर्पित पत्रकार का क्षेत्र काफी व्यापक होता है। उसके

अध्ययन और प्रयोग में सम्पूर्ण समाज समाहित होता है। अक्सर वह कहा करते थे कि एक पत्रकार को बिना सोचे, समझे और खुद देखे बिना नहीं लिखना चाहिए।

अक्सर आज के इस व्यापारिक-युग में हमारे पत्रकार नैतिकता से दूर होते हुए गरीबों-मजलूमों की हकीकत बयान करने के बजाय उसी राह के राही बनते जा रहें हैं जिस राह पर बड़े-बड़े व्यापारिक घराने के लोग अधिक धौंस जमाने के लिए सच्ची घटनाओं से दूर हो कर चलते हैं। सरकारी और गैर-सरकारी सहित तमाम बड़ी कंपनियों के विज्ञापन के लालच मे सच्ची पत्रकारिता के माने मतलब भूलते जा रहें हैं। अफसोस, आज के नौजवान पत्रकार भी उसी लोभ के शिकार बनते जा रहें हैं।

उनके प्रतिबिंब से आज भी कुछ न कुछ लिखते रहने की प्रेरणा मिल रही है। बस खुशी इस बात की है कि अब नये-नये लोग जुड़ रहें हैं और आज भी वे महात्मा जी की लीक पर चलते हुए देश के गरीब-गुरबों किसान-मजदूरों को जगाने में अपना संकल्प नहीं छोड़ा है। उन्होंने आधुनिकता के लबादे से अपने को दूर रखा है। यही उस महान विभूति के लिए सच्ची श्रद्धांजलि है। नमन, सादर नमन।

अभिनय : दो शब्द

यूं तो लोग बड़ी बेबाकी से कह देते हैं कि जीवन एक रंगमंच है और हम सब उसके अभिनेता। बात भी उनकी सौ परसेंट सही है किंतु कथनी और करनी में कई कई किलोमीटर की दूरी दिखाई पड़ती है।

'अभिनय की परिभाषा उतनी आसान नहीं जितना हम समझतें हैं पर उतना मुश्किल भी नहीं कि अगर हम समझना चाहें तो न समझ सकें।' यह वाक्य मेरे नहीं बल्कि मेरे रंगमंचीय गुरु स्व.पृथ्वीराज कपूर जी के है जिन्होंने पहली मुलाकात में बतौर दीक्षा के कही थी।

उसे मैंने अपने जीवन मे उतारा, परखा तो सत्य और सफलता के करीब पहुंचा। कभी कभी किसी की कही हुई कोई बात जीवन मे धंस जाती है और अगर उस पर अमल किया जाए तो सफलता अवश्य कदम चूमती है।

'अभिनय' शब्द को यदि गंभीरता से लिया जाए तो उसकी उत्पति और प्रयोग के बारे में हम उलझ कर रह जाते हैं। मेरे विचार में यदि जीवन को अभिनय की तरह जिया जाए तो बखूबी जिया जा सकता है। अभिनय का सरल अर्थ है कि अपने जीवन को किसी किरदार में ढालना। यद्यपि यह उतना सरल नहीं है जितना हम समझते हैं क्योंकि प्रकृति ने दो व्यक्तियों को एक जैसा नहीं बनाया। उसकी भाषा रूप और स्वभाव के साथ कार्य शैली में अंतर होता है।

अभिनय शास्त्र के पुरोधाओं ने इसे इतना क्लिष्ट बना दिया कि आमजन के गले नहीं उतर पाती। आदरणीय कपूर साहब ने कम शब्दो मे बहुत कुछ बता दिया जिसके कारण मुझे जीवन के प्रत्येक क्षेत्र में सफलता दिखाई दी, चाहे वह प्रारंभिक दिनों की रेलवे खलासी का पद हो या आगे चल कर क्लास वन प्रिंसिपल की भूमिका रही हो। एन डी ए हो एन एस डी। अभिनय में दो पक्ष होते है –एक नायक दूसरा खलनायक। जैसे जीवन मे सकारात्मक और नकारात्मक ऊर्जा होती है।

किसी नाट्यकार को नाटक लिखते समय दोनों पक्षों के साथ न्याय करना होता है। इसीलिए नाटक लेखन एक कठिन विधा होती है जिसमें लेखक को दोनों किरदारों में ढलना पड़ता है। मेरे विचार में एक कुशल रंगकर्मी को निम्नलिखित टिप्स पर ध्यान देना आवश्यक होता है जिसे एक सफल निर्देशक को बड़े ध्यान से परखना होता है।

१- प्रस्तुति- हर व्यक्ति के भीतर एक अभिनेता पल रहा होता है। बस उसमे खो जाना होता है। जैसे आत्मा शरीर में खो जाती है। किरदार को आत्मसात कर लेना होता है। आपने देखा होगा कि स्व.बलराज साहनी जब कोलकाता की सड़कों पर हाथ रिक्शा खींचते हुए दौड़ते हैं तो उनके भीतर का काबिल बलराज साहनी खो जाता है और बन जाता है सिर्फ एक गरीब रिक्शेवाला।

२- शारीरिक भाषा(बॉडी लैंग्वेज)- किरदार के लिए इसका बहुत महत्व होता है वरना किरदार के साथ न्याय नहीं किया जा सकता है।

३- उच्चारण- संवाद में लिखे शब्दों के उच्चारण पर बहुत ध्यान देना हर कलाकार के लिए जरूरी होता है वरना नुक्ते के हेर फेर से खुदा जुदा हो जाने का डर बना रहता है।

४- पात्र के अनुसार संवाद अदायगी बहुत जरूरी है। टाइमिंग का ध्यान रखना आवश्यक है। पर अस्वाभाविक नहीं होना चाहिये।

५- अनुशासन तो ऐसी धुरी है कि जिस पर सम्पूर्ण जीवन निर्भर होता है।

आइये, आपको बोरियत से निकाल कर मनोरंजन की महकती फिजाँ से रूबरू कराना चाहता हूं।

६- आत्म विश्वास- यह सबसे बड़ी बात होती है। आप यदि मंच पर वक्ता के रूप में खड़े हैं तो पूरे कॉन्फिडेंस के साथ अपनी बात कहिये। भूल जाइए कि दर्शक या सेताओं में आप से भी अधिक एक से एक काबिल लोग मौजूद है। मर्यादित भाषा में निर्भीकता के साथ अपनी बात रखिये। निर्भीकता ही सच्चे अभिनय

की बुनियाद है।

मेरे एक थियेटर का एक पात्र डायलॉग बोलते बोलते बहक जाता था। स्क्रिप्ट में लिखे संवादो में अपना सम्वाद जोड़ देता था। निर्देशक भी परेशान रहते थे। वैसे कलाकार बहुत अच्छा था। निर्देशक ने मुझसे कहा कि इसके लिए ऐसा सम्वाद लिखो कि यह भटकने न पाय। सिचवेशन थी दो पात्र आपस में बाते करते हैं। तीसरा व्यक्ति आकर टपक पड़ता है। एक पात्र जो पहले से बातें करता है कहता है, 'हम दोनों धार्मिक धर्मकच्चर के विशाल प्रांगण में राक्षस की खटापट कैसी? शीघ्र निष्काषित करो वरना पतन की ठेलापेल में हम दोनों की छीछालेदर हो जाएगी। वह देखो, शनि की विशाल वाहिनी सेना हमारी भाग्यरेखा के चक्रव्यूह को विध्वंस करने तीव्रगति से अग्रसर होती प्रतीत होती है। शीघ्र निष्काषित करो।' उस पात्र का नाम नाटक में था पंडित शारदा नंद चतुर्वेदी ज्योतिषाचार्य ब्रह्मचारी। अब इस संवाद के लिए अभिनेता को महीनों होमवर्क करना पड़ा होगा।

कहने का तात्पर्य यह है कि फिल्म में तो दो चार कैमरों के सामना करना पड़ता है जबकि मंचीय कलाकार को पब्लिक रूपी सैकड़ों हजारों कैमरों का सामना करना होता है। यहां रीटेक की गुंजाइश भी नहीं होती है और न निर्देशक पैकअप चिल्ला सकता है।

इस अभिनय की अंतरतम भावना से जीवन के किसी भी मंच पर सफलता मिलेगी, चाहे आप शिक्षक हो या किसान, जवान अथवा गृहस्थ।

अपनी नाट्य पुस्तक 'अभिनय' में मैंने अपने अनुभव बांटने की कोशिश की है। लेकिन याद रखिये 'सितारों से आगे जहाँ और भी हैं'।

यह इति नहीं है, प्रारम्भ है।

स्मार्ट या प्री-स्मार्ट सिटी

भाइयों और मुंह लगी बहनों, माताओं और ओल्ड पिताओं, फ्री-हैंड जीजाओं और प्रशांत महासागर की तरह शांत सालियों सब को रामबोला का प्रणाम एवं नमस्कार। रामबोला बजबजाती नालियों के किनारे इस भरी बरसात मे खड़ा होकर इतना प्रसन्न है कि बयान करने के काबिल नहीं है। क्योंकि अभी-अभी एक कटे कनकौवे को लूट कर अपना लख्तेजिगर लाया है जिस पर राजा-जानी ने 'सौ स्मार्ट-सिटियों' में इस शहर का भी नाम सुनहरे हर्फों में लिखकर उड़ाया था। अब समझ मे आया कि इतने दिनों से अपना रमफेरवा कहाँ गायब था ? कनकौवे उड़ाने और लूटने की उसकी आदत को क्या कहा जाए। नहीं कुछ तो बगल वाले यादवजी की छत पर खड़े होकर घंटो उड़ती और कटती पतंगों को देखा करता है। कितनी बार कहा कि बेटा जितना कागज की पतंग बाजी में स्मार्ट बनते हो उतना अगर असल में स्मार्ट बनो तो क्या कहने ? चलो छोड़ो, अबतो सारा शहर स्मार्ट बन रहा है जैसे अपना स्मार्ट बस स्टेशन और मह़डल रेलवई सटेशन। यही समझो कमाल कि बिना पेड़-पालो के शहर की अंजुरी फूलों से गमक उठेगी। बहरहाल हनुमानजी को सवा किलो लड्डू चढ़ाने को जी चाह रहा है कि हम स्मार्ट हो न हों लेकिन अपना शहर जर्मनी जापान कि तर्ज पर स्मार्ट बनाए जाने की कवाएद मे शामिल कर लिया गया है। बोलो सब मिल कर 'हाथी-घोड़ा पालकी जय कन्हैय्या लाल की'।

नए हॉस्पिटल में होस्पिटलिटी कब

उनसे हमको बिछुड़े हुए एक जमाना बीत गया। यादों में कभी-कभी उनकी रोनी मूरत दिख जाती है तो अपना लख्तेजिगर रमफेरवा अपने फटे गमछे से उसके बेमौसम आँसू पोंछते हुए पूछता

है कि बहना ऊ दर्शन नगर वाला असपतलवा बिना दरशन दिये कहाँ अंतरधान होय गवा ? हमरे मोहल्ला-टोला वाले यही राह देखा करत हैं कि कब नवा अस्पताल के दरवज्जा खुले और कब हम बेराम पड़ी ? सुने माँ आवत है कि बहुत जल्दिए खुले वाला है। रोजै बाबू साहब ड्रामा-सेंटर खुले कै बतकही करत हैं मुला इटिंग-मीटिंग के अलावा कुछौ नाही देखाई देत है भैया। अपने पड़ोसी तिवारी जी ने लाख टके की बात रमफेरवा की जलबलाती माई से कहा 'अरे जब दर्शन नगर के ऐतिहासिक ताल सुखा रहा है और सिर्फ कीचड़ में फराडिया मेंढक टरटरा रहें हैं तो अस्पताल, दवा-पानी का रोना रोने से क्या लाभ बहुरिया ? सब चीन जापान के चक्कर में घनचक्कर हुए जा रहे हैं। इधर बिरादरी-ब्रिगेड के साथ सब बारादरी में पिकनिक मनाने में व्यस्त हैं। अब यही सोचने की बात है कि आज तक गुटखा-पान मसाला पर रोक नहीं लग सकी। मैगी पर रोक लगी लेकिन दारू पर नहीं। ठीक भी है क्योंकि बिना कच्ची-पक्की के स्मार्ट कैसे बनेगा अपना शहर ? रही नये अस्पताल की बात तो बहुरिया भूल जाओ सब। महंगी महंगी मशीन आ गई न, सबको नई-नवेली दुल्हिन की तरह एक कमरे में कुछ दिन विश्राम करने दो। अपने शहर वालों में से किसी ने एक दिन कहा था न, 'काल पड़ा है रोटी का और दुनिया बढ़ती जाए'। अच्छी-अच्छी दवा मिलेगी, बढ़िया चेक-अप होगा तो आखिर आबादी कैसे कम होगी? मगर अपने शहर वालों को सड़क जाम और पुतला फूंकने के नुक्कड़ नाटक खेलने से फुरसत कहाँ ? ऐसे में किसी हास्पिटल से होस्पिटलिटी की उम्मीद करना मेरी समझ से बेकार।

मानसून की ढपली, बरखा रानी का ठुमका

चलो खोया-खोया चाँद बदलते मौसम के मिजाज में खो गया। सूने मानसून के साथ बरखा रानी पाएल छमकाती आई। 'काले मेघा पानी दे, पानी दे गुडधानी दे' लोट-पोट कर मेघ-मल्हार गाने वाले कलुआ, मंगरु, झगरुवा और ढोड़े बरसते पानी में खूब

मजा लेते रहें। मानसून की ढपली पर बरखारानी थिरकती रही और अपना रामबोला अलमुनियम की टुटही पतीली से कोठरी मे भरा नाली का पानी उलच रहा है। बरसते पानी मे छतरी ताने हुए बूढ़ी काकी गुजरती हैं तो थोड़ी देर ठहर कर हँसते हुए बोलती हैं 'देखला इहै ही अच्छे दिनन कै पहचान बचवा'। अरे भय्या का करबा पूरे मोहल्लवा के अइसने हाल बा। पंडिताइन भौजी के घरा माँ जैसे लागेला पूर के पूर नरवे समाय जात बा'। रामबोला पानी उलचते हुए कहने लगा 'का करबू काकी हमहन के तकदीर माँ इहै लिखल बाय। साहब-सुबहा के घरा माँ अइसने हाल होत तब न पता चलते। नेताजी तो बहुत दिलासा देत रहन। जिल्ला के हाकिम-हुक्काम बरसात के पहले खूब बतकही छांटत रहे पर भईया उहै भवा जऊन हर साल होत रहा। उहे एकके रोना कि क्या करें इस्टाफे नहीं है या बजट नहीं आवा।

एक ठहरा हुआ शहर

अपने होश में ऐसा अजूबा शहर नहीं देखा जो अपनी धुरी पर बिलकुल ठहर गया हो। स्टेशन पर भी गाड़ी थोड़ी देर ठहरती है फिर चल देती है। लोग भागते हुए कहते हैं 'गाड़ी बुला रही है, सीटी बजा रही है'। कितने लोगों ने भरसक कोशिश की कि यह रुका हुआ शहर कुछ आगे बढ़े लेकिन आगे खिसकने का नाम ही नहीं ले रहा है जैसे किसी कुंभकरणी निद्रा मे सो रहा है। कहते हैं कि यहाँ कभी लोहिया और नरेंद्र देव ने इंसाफ के लिए आवाजें बुलंद की थीं पर शहर ने करवट तक बदलने की जहमत नहीं की। आज जब उसके कद में दिन पर दिन इजाफा होता जा रहा है और दिमागी मशीन के कल-पुर्जे विकसित किए जा रहे हैं फिर भी शहर जहाँ का तहां डिप्रेशन मे ऊँघता नज़र आ रहा है। ताज्जुब तो यह देख कर हो रहा है कि अब जगाने वाले खुद लिहाफ में मुँह ढँक कर सुख-नींदिया का आनन्द लूट रहे हैं। यहाँ कलम से लेकर बंदूक तक के सिपाही लेफ्ट-राइट कर रहे हैं पर जैसे उनमे भी अन्याय

से लड़ने की कूबत नहीं रही। वही बजबजाते नाले-नालियाँ, वही खंडरों में तब्दील होती तवारीखी इमारतें, अश्लील मज़ाक करती रोशनी, माफियों का खौफनाक जमावड़ा, आए दिन बन्द इंसाफगाह और इंसाफ की चाह में पसीना पीते गरीब-गुरबे। हाकिमों के रोज बन्द कमरो से प्रसारित होने वाले उपदेश जो कुछ ही देर में हवा में उड़ जाते हैं और मातहत उन्हें डिलीट करके वही चाल बेढ़ंगी जो पहले थी अब भी है के ढर्रे पर कुइक-मार्च करने निकल पड़ते हैं। ....और अपना शहर गहरी नींद में जहाँ का तहां रुका पड़ा है। शायद उसे वह पूरानी कहावत याद नहीं कि बिना रोए माँ भी बच्चे को दूध नहीं देती है। लेकिन रोने पर किसी को तरस आए तब न।

इनकी भी कुछ हसरतें हैं

वैसे अभी ऊपर वाले के करम से आँख और कान दोनों सही-सलामत है पर नीचे वालों के बारे मे कुछ कह नहीं सकता हूँ कि कब क्या बता दें ? कमीशन के चक्कर में कब घनचक्कर बना कर तरह-तरह के चेकअप कराने भेज दें ? सब तो सब आजकल कुछ बीमारियाँ लाइलाज होती जा रहीं हैं। चेक-अप करके फौरन रिपोर्ट देना भी बहुत सरल हो गया है। अब अपने शहरे-सड़क किनारे बनी पुरानी इमारतों पर जहाँ नजले के हमले की आहट सुनी कि डाक्टरों की टीम ऑपरेशन करने पहुँच गई। कागज के भोंपू पर भारी-भरकम आवाज में तीमारदारों को इत्तला दी की मरीज का हाल अच्छा नहीं है। हो सकता है कि पल दो पल में सुपुर्दे खाक करना पड़ जाये। एसी जिल्लत की ज़िंदगी से अच्छा तो उसे इंजकशन दे कर पहले ही आराम की नींद सुला दिया जाए। वैसे अपने सीधे ो-सादे शहर मे ऐसे बीमारों की तो जनाब कमी नहीं है पर इलाज करने वालों की कमी जरूर है। जो है भी वे नाम बदल कर प्राइवेट प्रैक्टिस मे बिजी विद-आउट बिजनेस मुब्तिला हैं। बनारस की चक्करदार गलियों में घुमाने के बजाए आपको सीधे-सीधे अपने शहर के उन कराहते मरीजों से मिलवाना मैं समझता हूँ सही रहेगा जो स्वर्गद्वार तक पहुँचने के लिए छटपटा रहे हैं मगर नामी-गिरामी डाक्टरों को इसकी जरा भी परवाह नहीं है। यह है मरीज नंबर एक जिसे कभी बर्न साहब ने बड़े प्यार से पाला था। आज हालत यह है कि कब अल्लाह को बेचारा प्यारा हो जाएगा? कोई नहीं बता सकता है। मरीज नंबर दो पर किसी को तरस नहीं आ रहा है जो अन्न से लेकर न जाने क्या-क्या सप्लाई करता है? बेचारे को सांस लेने के लिए खुली हवा तक नहीं नसीब हो रही है। नंबर तीन मरीज जिसके साथ कभी कला और कलाकार कबड्डी-कबड्डी खेला करते थे। कई हैं, किनकी-किनकी चर्चा करूँ यारों। इस शहरे-अदब में ऐसे कितने मरीज लबे-दम हैं जिनको इलाज की जरूरत है। अपनी शान पर इतराते चौक के चारों तरफ सरकटी लाशों के गेटअप में खड़े

चौकीदार मियां खड़े अपनी हालत पर आठ-आठ आँसू बहा रहे हैं। कभी धराशायी हो कर कितनों की लाशों के नीचे इतिहास के पन्ने दब जाएँगे। ऐ जिंदादिली की गजल लिखने वाले शहर तरक्की के नाम पर आज क्यों रो रहा है 'आँसू भरी ये जीवन की राहें, कोई उनसे कह दे हमें भूल जाएँ'। जमथरा किमारे एक जलती हुई चिता से उठती हुई लपटों के उस पार एक फिल्म की शूटिंग देख रहा हूँ जिसमें रोम जल रहा था और किसी टीले पर बैठ कर कोई नीरो बांसुरी बजा रहा था। अधजली चिता को आखिरी सलाम कह कर वापस होने को होता हूँ तो दो लाशों के साथ लोगों के हुजूम को आते हुए देखकर रुक जाता हूँ। किसी के पूछने पर कोई बताता है कि बेचारों को उनकी झोपड़ी की जमीन पर कब्जा न देने पर दबंगों ने जला कर मार डाला। गहरी सांस भर कर आगे बढ़ा ही था कि देखा लोकतन्त्र के दूर गलियारे में कोई भारत माता बिलख रही है और न्यू इंडिया रोकेन-रोल करते हुए झूम रहा है।

प्रश्नों पर प्रश्न चिन्ह क्यों...!

आज अगर किसी से ये पूछो कि क्या वो अपने देश के सिस्टम की कोई एक बड़ी कमी बता सकता है? तो कोई कहेगा भ्रष्टाचार, कोई कहेगा पाप, कोई कहेगा महंगाई। लेकिन दोस्तों ऐसा नहीं है! हमारे समाज में एक सबसे बड़ी कमी (जो मुझे दिखती है), वो सभी समस्या की जड़ है, वो है...! शंका न करना, प्रश्न न करना, विद्रोह ना करना। कहते हैं जो प्रश्न पूछेगा वो पाँच मिनट के लिए सबको मूर्ख लगेगा, लेकिन जो प्रश्न नहीं पूछेगा वो हमेशा के लिए मूर्ख बना रहेगा। जितने भी विज्ञान के आविष्कार हुए हैं वो इंसान के संशय करने के स्वभाव से पैदा हुए हैं। क्या आप जानते हैं? दुनिया का सबसे बड़ा आविष्कार यानि 'गुरुत्वाकर्षण का नियम' कैसे बना था? न्यूटन जब सेब के पेड़ के नीचे बैठे थे तो एक सेब नीचे गिरा। न्यूटन के मन में एक प्रश्न उठा कि सेब नीचे ही क्यों गिरा? ऊपर क्यों नहीं गया? और यहीं पर एक ऐसे अविष्कार की खोज हुई जिस पर आज सारे विज्ञान का आधार टिका हुआ है। अब जिसके मन में कोई जिज्ञासा नहीं है, वो तो संशय ही नहीं करेगा। वो तो यहां कह देगा कि सेब को और कहा जाना था, टूट के नीचे ही तो गिरेगा, और कहां जायेगा। इसी तरह से हमारे साथ जो भी आज घटित हो रहा है, उसमें ज्यादातर गलत हो रहा है, लेकिन फिर भी ये पम्परागत मन कभी शक नहीं करता, कि क्या जीवन इससे अच्छा भी हो सकता है? वो यूं ही मान लेता है कि चीजों को ऐसा ही होना था। सेब को तो नीचे ही गिरना था। लेकिन जब-जब इतिहास रचे गए हैं तब-तब लोगों ने परम्परागत सोच को चुनौती देकर नए आयाम पैदा किये हैं। बदलाव की सम्भावना तभी बनती है जब आप वर्तमान हालातो से तंग आ चुके होते हैं। और सबसे जरूरी ये है, कि आपको मालूम होना चाहिए की आप को क्या करना चाहिए?

अब यहाँ न तो कोई खोज हुई और ना ही कोई समाज में बदलाव आया? क्यों? क्योंकि हमारी सवाल करने की क्षमता शून्य

है। जरा सोचिए कि ये सवाल ना करने की धारणा कहां से पनपी होगी? जी हां आपके धर्म से...! धर्म में हमें सिखाया जाता है कि आपको कोई प्रश्न नहीं करना हैं। सिर्फ आँखें बंद करके विश्वास करना है, यहाँ हजारो वर्षों से सिर्फ आत्मा-परमात्मा को मिलाया जा रहा, और हम आँख बंद करके सिर्फ विश्वास ही किये जा रहे हैं। जरा देखिये तो...! तो इससे क्या हुआ है? हमारी आत्मा-परमात्मा से मिलने की बजाए, आज शैतान से मिल गयी है। हजारों सालों की धार्मिकता के बाद भी, आज इंसान में इंसानियत भी नहीं बची है लेकिन हम फिर भी मंदिरों में, गुरद्वारों में जाते जा रहे हैं। हम क्यों यहां कोई प्रश्न उठाते हैं? हम क्यों नहीं उन साधुओं से पूछते हैं कि आपने तो स्वर्ग के सपने दिखाए थे, तो फिर ये नर्क क्यों हमें थमा दिया गया है? लेकिन आप नहीं पूछेंगे...! क्योंकि आपकी प्रश्न करने की प्रवृत्ति शुरू होने से पहले ही खत्म कर दी गयी थी। हमें तो सिर्फ अनुकरण करना सिखाया गया है। इसलिए यहाँ भेड़चाल है, सभी अनुयायी हैं।

इन तथाकथित महात्माओं का असर हमारी शिक्षा प्रणाली पर भी पड़ा है। हमारी शिक्षा प्रणाली आपको सिर्फ सवाल का जवाब देना सिखाती है। आपको हमेशा ये कहा जाता है की ये तीन सवाल हैं, सिर्फ किन्हीं दो का जवाब दो। जबकि जवाब देने से भी महत्वपूर्ण प्रश्न करना होता है। पर हमें अपने स्कूलों में प्रश्न करना कभी सिखाया ही नहीं जाता। यहां आपको ये भी तो कहा जा सकता हैं कि अगर आपने पाठ पढ़ लिया है, तो अब इस पर पाँच प्रश्न तैयार करो। लेकिन नहीं, हमारी शिक्षा प्रणाली आपको सिर्फ उत्तर देना सिखाती है। जिससे हमारे अंदर निरीक्षण व आलोचना करने के गुण कभी पैदा नहीं होते हैं। हमारे क्लास में हर चीज अध्यापक करता है, बच्चा सिर्फ सुनता है, और कुछ नहीं करता। बच्चे को कभी भी शिक्षा में भागीदार नहीं बनाया जाता। वो बस मूकदर्शक होता है। उसे एक बना बनाया जवाब जो कि गाइड में छपते हैं, को रटने के लिए कहा जाता है।

बच्चे को कक्षा में कोई भी सवाल पूछने की इजाजत

नहीं होती। अगर बच्चा बीच में कोई सवाल पूछ भी लेता था तो अध्यापक इसको अपनी बेइज्जती समझता है। क्लास में, एक अजीब सा भय का वातावरण पैदा किया जाता है, ताकि कोई बोले नहीं। वैसे टीचर को सिर्फ हिदायतें देनी चाहिए और सारा काम बच्चों से ही करवाना चाहिए, ताकि उनमें संघर्ष, आत्मविश्वास, लगन, प्रबंधन और योजना के गुण आ सके। लेकिन अफसोस दोस्तों...! हमारे यहाँ ये सब नहीं होता है। बस बच्चों को गाइड से सवाल रटाये जाते हैं, और बच्चे 10 साल की इंग्लिश की पढ़ाई के बाद भी इंग्लिश में एक भी वाक्य नहीं बोल पाते। बच्चे को एक भी Tense क्यों नहीं आता? इसी तरह दूसरे विषयों में भी होता है। आप सोच सकते हैं कि जीवन का इतना कीमती समय यूं ही गंवाया जा रहा है। जिसकी चिंता किसी को नहीं है। अध्यापक ने जो आज से 10 दिन पहले पढ़ाया होगा उसमें से बच्चों को एक टेस्ट दे डालो, 100 में से 10 मार्क भी नहीं आयेंगे। लेकिन पता नहीं यहाँ कोई भी ये प्रश्न क्यों नहीं करता कि आप हमें 10 साल से पढ़ा रहे हैं, लेकिन हमें कुछ भी नहीं आता...! क्यों? इसी तरह धर्म के मामले में भी महात्माओं ने कह दिया था कि कोई प्रश्न नहीं करना है।

सारी शिक्षा बच्चे को निष्क्रिय बनाती है। सब कुछ अध्यापक करता है, बच्चे को तो हिलने भी नहीं दिया जाता। अध्यापक आगे-आगे पढ़ाता चला जाता है, बच्चा पीछे-पीछे भूलता चला जाता है। साल के अंत में बच्चे को कुछ नहीं आता, फिर वो गाइड से रट्टा लगाता है। बच्चे को ऐसे कोई चैलेंज नहीं दिए जाते जिससे आगे उसमें समस्या को हल करने की ताकत पैदा हो। अगर एक पाठ पढ़ाने के बाद उन्हें कुछ प्रश्न दिए जायें और उनको हल करने के लिए कहा जाये, और इसमें अध्यापक सिर्फ उसकी मदद करे। बच्चा अगर कुछ जवाब ठीक दे पाता है तो उसको उसके लिए शाबाशी दी जाए। इससे बच्चे में विश्वास बढ़ेगा, और वो अगले दिन और अच्छा करने की कोशिश करेगा। यानि कि बहुत से कार्यकलाप बच्चे से कराएं जाये जिससे उसमें सक्रियता आये और वह जानकारी को ग्रहण करने की बजाय ज्ञान को पैदा करे। मैंने देखा है, हमारे बच्चे

जीवन के बारे में स्कूल में कुछ भी नहीं सीखते। उनकी अपनी सोच, उनकी विश्लेषण करने की क्षमता, आलोचनात्मक शक्ति और प्रबंधन करने का गुण बिलकुल विकसित नहीं होता है। मुझे अच्छी तरह याद है...! कि मेरे 20 साल की शिक्षा में मेरे अध्यापक ने एक बार भी मुझे नहीं कहा की तुम आगे आओ और अपना परिचय दो। बच्चों को अगर कहा जाय की देखो मीरा कृष्ण की दीवानी थी, तो बताओ मीरा के स्वामी कौन? तो वो जवाब नहीं दे पाएंगे। वो सारी उम्र वही दोहराते रहेंगे जो उन्हें तोते की तरह रटाया जाता रहा है। अगर आपने यहाँ प्रश्न थोड़ा बदल दिया तो उनके फ्यूज उड़ जाते है। यही कारण है, कि हमारे देश में आज तक एक भी समस्या का समाधान नहीं हुआ। कोई भी सिस्टम सही से काम नहीं करता। क्यों? क्योंकि बच्चों को कभी आपने स्कूलों में समस्या हल करना सिखाया ही नहीं।

इसी तरह धर्म के विश्वास ने भी जीवन की तस्वीर ही बदल के रख दी है। जब हम जंगलो में थे, हजारों साल पहले, तब ये व्यवस्था ठीक थी। कि हम ये जाने कि आत्मा को परमात्मा से कैसे मिलना है। क्योंकि तब कुछ करने को था ही नहीं। इधर-उधर भटकने की बजाय आत्मा परमात्मा में उलझे रहे, यही सही था। वैसे मेरे विचार से लोगों को शुरू से ही चरित्र निर्माण सिखाना चाहिए था, परंतु उस वक्त शायद ये चीजे लोगों को आकर्षित नहीं करती होंगी। लोगों के बीच आत्मा-परमात्मा व नर्क का भय पैदा किया गया ताकि लोग नियंत्रण में रहे। लेकिन ये क्रम सदियों तक चलता रहा और आज भी चल रहा है और इसको किसी ने समाप्त नहीं किया। जिससे आज तक किसी को कुछ भी नहीं मिला। फिर भी कोई प्रश्न नहीं करता, कि इसका विश्लेषण करो और इसमें सुधार करो। आप दिन रात यात्रायें कर रहे हैं, ध्यान लगा रहे है, मंदिरों में जा रहे है लेकिन आदमी में आज भी इंसानियत भी नहीं बची है, फिर भी ये पागलपन जारी है। कोई चैलेन्ज नहीं करता, क्योंकि भय इतना गहरा बैठाया गया है कि यहाँ बोलने कोई हिम्मत नहीं जुटा पाता। फिर जो पाठ पढ़ाया गया है, कि आपको सिर्फ विश्वास

करना है, उसको लोग नहीं तोड़ना चाहते। लेकिन अब आगे हमें इस परम्परा को विराम देना ही होगा...! अब हमें स्कूलों में चरित्र निर्माण करना होगा...! हमें आत्मा-परमात्मा, स्वर्ग-नर्क के विचार पर विराम लगाना होगा। हमें अपने बच्चों को आत्म विश्वास, दृढ़ निश्चय, कुशल प्रबंधन का प्रशिक्षण देना होगा।

लोगों का आत्मा-परमात्मा के पीछे पड़ने से इस धरती के जीवन से नाता ही टूट गया है। वो सिर्फ भ्रम में जी रहे है, ऐसे जैसे नींद में सो रहे हो, एक भ्रान्ति का शिकार हो गए हैं। क्योंकि उनको ये ज़िन्दगी ही मिथ्या लगती है, उन्हें तो आकाश के उस पार जाना है। इस भ्रान्ति से जीवन में कोई समझदारी पैदा नहीं हो रही। 'अरे भाई जहाँ पेड़ है, जड़ भी तो वहीं होगी न...!' आपका ये जीवन आज चल रहा है, और अगले जन्म की चिंता में डूबे हैं...! कोई प्रश्न नहीं, सदियों पुरानी मूर्खता को आंख बंद करके सिर्फ ढोया जा रहा है और कहते हैं कि हमारी परम्परा बहुत महान है। प्रश्न न होने से कोई विज्ञान पैदा नहीं हो रहा और ऐसी निष्प्राण व उक्का देने वाले शिक्षण से कुंठित छात्र पैदा हो रहे हैं, जो देश की समस्याए सुलझाने की बजाय खुद देश पर बोझ हैं। हमें अब आत्मा-परमात्मा की धारणा को छोड़कर सिर्फ अपना ध्यान शिक्षा पे लगाना होगा। क्योंकि हमें प्रबुद्ध नागरिक पैदा करने है, हमें कोई साधू-संत नहीं पैदा करने। ये साधू-संत जीवन को छोड़ने के लिए कहते हैं, ये जीवन को जीने की कला नहीं सिखाते। ये आपकी एक भी समस्या हल नहीं कर सकते। अगर इनके पास समस्या हल करने की कोई ताकत होती तो ये कभी साधू नहीं बनते। ये जीवन से भागने की कला सिखाते हैं। देखिये, हमारा आत्मा-परमात्मा के बिना काम चल जायेगा पर लोगों का दवाईयां, घर, कपड़े और किताबों के बिना काम नहीं चलेगा। आइये, उन्हें पहले हम एक स्वच्छ प्रशासन दें, जिसमें सबके के लिए न्याय, समानता हो, बाद में कभी वक्त मिला तो फिर सोच लेंगे आत्मा-परमात्मा के बारे में भी।

सप्ताह का व्यक्ति

'फटा कोट' वाला सरदार 'हमारे हिस्से में'

अचानक दिल से दिल मिले, डगर से डगर मिली, सरेराह चलते हुए किसी को बिना तड़क-भड़क के सड़क पर गुनगुनाते हुए सुना 'ज़िंदगी कुछ भी नहीं तेरी-मेरी कहानी है'। उसकी जुबानी ज़िंदगी की घिसी-पिटी परिभाषा सुनकर मैं उसी तरह मुड़ने को हुआ जैसे 'अंजान पथिक पावस ऋतु में सहसा निज गृह को मुड़ता है'। मौके की नजाकत को भाँपने मे माहिर उसने अपने 'फटे-कोट' की फटी पॉकेट से अपनी ज़िंदगी के कुछ फटे पन्ने निकाल कर मेरे सामने रख दिये। हैरत हुई देख कर कि उन फटे पन्नों मे लिखावट उसकी थी पर कहानी मेरी थी, गली मुहल्ले वालों की थी। बड़ी बेबाकी से उसने कहाः-

'ज़िंदगी के फटे पन्नों में,

आंसुओं से धोई किताब हम हैं

जो लोग मरने की बात करते हैं

उनके जवाब हम हैं'।

उसके 'फटे-कोट' की ओट में हमें एक सुबकता हुआ मुल्क दिखाई दे रहा था जिसके सत्तर प्रतिशत लोग आंसुओं से धोई किताब के पन्नों की तरह फड़फड़ाते नजर आते हैं। भीड़, भीड़, भीड़ और उस भीड़ को चीरते हुए फटा-कोट ऊंची पगड़ी पहने एक सरदार मेरी ओर मुलमुलाती आँखें लिए बढ़ता दिखाई पड़ता है, जिसके हाथ में शायद मुझे देने के लिए चंद फटे पन्ने हमारे हिस्से के हैं। मैं भी अपने को रोक नहीं सका और बढ़ कर पन्ने लेते हुए उसे गले लगा कर चीख पड़ा, 'अरे 'जसवंत' तुस्सी इस भीड़ में?' आदतन फटे पन्ने पुरानी किताबें मुझे बहुत पसंद हैं। मैंने उसे शहर के किनारे ले जा कर उन पन्नों को बांचना शुरू किया। अकस्मात मेरे मुंह से 'वाह' निकल पड़ा। उस गुमनाम भीड़ और अपने कला, कविता व साहित्य पर दंभ भरने वाले शहर को कोसने लगा जिसने अभी

तक अपने अजीज सरदार 'जसवंत सिंह अरोड़ा' को नहीं पहचाना। भीड़ की धक्कम-धुक्की सहकर भी जिसने उनके दुख दर्द को अपने दिल की आँखों से देखा। उसकी दशा पर मुझे किसी आला काबिल 'आमिल' की चंद पंक्तियाँ याद हो चलीं:-

'गमों की याद में खुद को भुलाए रखता हूँ,

तुझे ऐ जिन्दगी कितना सजाये रखता हूँ।

चलन-खुलूस-वफादारियाँ हैं सब मफकूद,

वफा की राह से घर को बनाए रखता हूँ।'

'जसवंत जी' को पेबन्द लगे 'फटे-कोट' में अपने सामने खुदगर्ज भीड़ से दूर सामने खड़ा देख कर कभी बड़े ध्यान से समझने की कोशिश करता हूँ तो कभी उन फटे पन्नों को जिसमें जैसे उसने अपनी बेहाल ज़िंदगी की सारी इबारतें लिख दी हों। मैं एक मूक दर्शक बना उसे इस तरह समझने की चेष्टा कर रहा हूँ जैसे 'सारे जहां का दर्द उसके जिगर मे रचा बसा हो'। दर्द से बोझिल आंखों को झपकाते हुए उसने ही चुप्पी तोड़ी, 'इस फटे कोट की फटी जेब मे रखे इन फटे पन्नों को आप के हवाले करते हुए छिपाऊँगा नहीं कि मेरा मन जितना संकोच से भर रहा है उतना ही खुशी से भी। हाँ, इस मौके का फायदा उठा कर मैं अपने हिय के कुछ भेद उस भीड़ से हट कर यहाँ इस 'खामोश-अदालत' में बतौर सबूत प्रगट करना चाहता हूँ। ये फटे पन्नें मेरी उस बदहाली के सबूत हैं जिनकी गवाही ये खुद दे रहे हैं। इन पर लिखी एक-एक इबारत किसी खोह, कन्दरा, एकांत या अंतःपुर में बैठ कर नहीं लिखी गईं हैं, कवि या मनीषी होने के भाव से भी नहीं। बल्कि ऊबड़-खाबड़ संघर्षरत बेतरतीब ज़िंदगी में भूख, भय, भ्रम, षडयंत्र और बीमारियों से जूझते हुए किसी अदृश्य शक्ति ने लिख दिया है। मैंने उसकी भावुक एक जोड़ी आँखों मे झाँकते हुए कहने का साहस किया, 'मेरे नादान दोस्त यह भी तो हो सकता है कि साज किसी 'कुलवंत' का हो और आवाज तुम जैसे बेसुरे 'जसवंत' की, क्योंकि संगीत के जानकारों से सुना है कि सधा हुआ साज किसी बेसुरे को भी सुर में ढाल देते हैं। तजुर्बेकार बताते हैं कि अधूरा संगीत बिना साज

और आवाज के पूरा हो ही नहीं सकता है। मेरी बात सुन कर वह कुछ सोचने लगा और मैं उसके दिये हुए एक फटे पन्ने को पढ़ कर गंभीर हो उठाः-

आग लग जाय तो आँख विकल होती है,
आग बुझ जाए तो आँख सजल होती है,
आग से आग लगी यह आग-लगी से पूछो
दिल मे जल जाए तो आँख गजल होती है।

मेरे सामने खड़े वन-पीस सरदार जसवंत सिंह को देखकर मैं अपने अक्ल के सबसे भीतरी दरवाजे में झाँकने की कोशिश की तो पता चला वह सरदार किसी दरबार से गजल और हजल के बीच एक नई पगडंडी पर चल कर आया है। सरदार जसवंत सिंह अरोड़ा। रोड़ों पर सरपट बेखटके चलने वाले ऐसे जीव को अरोड़ा कहना मेरे विचार से बिलकुल वाजिब है। मेरे भीतर उसे ठीक से समझने की जिज्ञासा उफान पर थी। उसे समझने की एक बेचैनी मुझे बेचैन किए दे रही थी। बरबस मैंने उसे खींच कर पास वाली बंद पड़ी चाय की दुकान के सामने रखी ढकर-पेंच बेंच पर बैठाते हुए पूछा, 'आपने उस दिन प्रेस-क्लब में हुई एक मुलाकात में बताया था कि आप का जन्म 3 मई 1952 को इसी जिले के शहजादपुर, अकबरपुर (अब अम्बेडकर नगर) में माता कुलवंत कौर की कोख से हुआ था। पिता संतोख सिंह थे। सुप्रसिद्ध समाजवादी डॉ लोहिया के गाँव के लोग जैसे गरीबी और अमीरी के बीच झूल रहे थे उसी तरह आप के परिवार को भी किसी तरह दो जून की रोटी नसीब हो जाती थी। उधर संघर्ष की लाइन पर ब-मशक्कत दौड़ते हुए परिवार के कर्ज को उतारना चाहते थे जो कि हर औलाद पर होता है।' मेरे सामने बैठे सरदार की आँखों मे अपने बीते दिनों की बरसात झलक रही थी जिससे उसका दिल तो भीग ही रहा था पर उसकी बौछारों से मैं भी नहीं बच पा रहा था। सोचता रहा कि सरदार जसवंत सिंह के बुजुर्गवार पंच-नदों के प्रदेश पंजाब से सरयू-तट पर बसे शहजादपुर (अंबेडकर नगर) में आ बसे थे जैसे पंच-तत्त्वों से बने शरीर को छोड़ कर सरयू रूपी आत्मा के साथ यहाँ अवतरित

हुए हों। आखिर एक नया जन्म लेकर जसवंत ने अपने फटे कोट को कविता के बेशकीमती सलमा-सितारों से सजा कर शाही-खिलत का अटरैक्टिव रूप दे दिया जिसकी तरफ हर किसी की नजर गड़ने लगी। आत्मा एक नई काया पा कर धन्य हो उठी। किस्मत ने उसे ऐसा नया रूप दिखाया कि गरीबी मे पला-बढ़ा जसवंत जसवंतजी बन कर बड़ौदा बैंक के उच्च शिखर पर जा बैठा। लेकिन उसका यह निर्णय काबिले तारीफ रहा कि उसने अपनी और अपने साथियों के गुजरे जमाने को याद रख कर अपनी बेलैस कविता के माध्यम से उनके आँसू बहने के बजाए खुशी में बदल दिये। शहर की उस अजीमुश्शान शख्सियत ने बिना ताल, लय मात्रा की परवाह किए एक नई डगर पर चलने का फैसला ले लिया जिसे मुर्दे भी सुन कर हँसते हुए जीने का एहसास करने लगे। नमूना हाजिर है:-

भवन-निर्माण के दौरान
हमारे यहाँ
ट्रैक्टर-ट्रॉली आते देख
पड़ोसन बतला रही है,
कहती है
सरदार जी की
मिट्टी जा रही है।

'मिट्टी' शब्द सुनकर अपनी तो सिट्टी-पिट्टी गुम हो गई। चिढ़ कर बोल उठा 'मिट्टी जाये जसवंत के दुश्मनों की'। लेकिन सरदार जसवंत सिंह के चेहरे पर कोई शिकन नहीं दिखी। उसने मेरी ओर गरदन घुमा कर देखा और बोला, इसी मिट्टी में हम पले बड़े हुए। इसके जर्रे-जर्रे में हमे बेशकीमती शब्दों की न्यामतें मिली जिनकी बदौलत तुम्हारा 'जसवंत' आज भीड़ में खड़े होने की हिम्मत कर रहा है। डगमगाती कश्ती में बैठ कर भी वह साहिल का नजारा करता है। उसने ठीक ही कहा था तभी तो जसवंत ने वह कूबत पाई है कि बड़े सरल शब्दों को अल्फाजों में पिरो कर लोगों को समझ की गहराई मे उतरने पर मजबूर कर दिया है जिसमें आज की हकीकत होती है और कल की उम्मीद। व्यंग तो ऐसा जो घर-परिवार

से लेकर दास्ताने-मुल्क तक की पोल खोल दे। मुलाहिजा फरमाइए जराः–

इलेक्शन में जीत की टोपी
हम जिस किसी नेता को
पहनाते हैं,
वह कुछ रखता नहीं
ब्याज सहित लौटा देता है,
इतिहास यह बताता है,
फिर पाँच साल
सबको टोपी पहनाता है।

सबसे बड़ी बात जसवंत अरोड़ा के पाले मे पड़ी देखी वह है उनकी सादगी, सरल-शब्दों का प्रयोग और बड़ी से बड़ी बात को फालूदा की तश्तरी मे पेश करना जिसे पाने के लिए अनपढ़ गँवार किसान मजदूर का बच्चा भी दौड़ पड़े। शायद यह लोहिया जी की माटी का असर है। आज की परीक्षा-प्रणाली पर भी उनका कटाक्ष काबिले-तारीफ हैः–

शत-प्रतिशत रिजल्ट के लिए
क्या हल हो?
एक छात्र ने सुझाया
सर! इसके लिए
सामूहिक नकल हो।

आज के दफ्तरों को भी जसवंत बड़ी बारीकी से देखते हैं और कहने से अपने को रोक नहीं पाते हैं:–

सरकारी दफ्तरों में ईमानदारी,
यह शब्द पढ़ते ही
मन में यह ध्यान बना है,
जैसे
कोई शौचालयों पर लिख दे
यहाँ गंदगी करना मना है।

इस शानदार शहर की शान 'जसवंत' का अलग अंदाज देख कर हैरत होती है कि एक आम आदमी ने कैसे हिम्मत की होगी 'नीरज' जैसे महाकवि की सुप्रसिद्ध कविता 'कारवां गुजर गया...' की पैरोडी लिख कर 'दिग्गज कवि एवं व्यंगकार बेढब-बनारसी से सम्मानित होकर जिले का मान बढ़ाने का। तभी तो शहर की उस भीड़ मे 'सिंगल वन पीस' संकल्प और भावना के साथ दूर से दिखाई पड़ जाता है। फिर भी दंभ से कोसों दूर और सरलता से एकदम नजदीक आकर हकीकत को सिर पर उठाए 'धरती-धरती पर्वत-पर्वत किसी बंजारे की तरह गाते चल रहा है। हमारे हिस्से की पीड़ा भी अपने फटे-कोट की फटी पॉकेट के फटे पन्नों को किसी पट-कथा की तरह सँजोये हुए है। काव्य के रजत-पट पर उसके जीवन की कला-फिल्म का नया फॉर्मूला यथार्थ की कसौटी पर खरा उतरने में कोई शक नहीं है। जिसका भावपक्ष और कलापक्ष दोनों सशक्त हैं।